26 Gründe gegen die Liebe

I. F. Stanke

26 Gründe gegen die Liebe

I. F. Stanke

Bonusmaterial:
Benny

**Bibliografische   Information   der   Deutschen
Nationalbibliothek:**
Die   Deutsche   Nationalbibliothek   verzeichnet   diese
Publikation   in   der   Deutschen   Nationalbibliografie;
detaillierte bibliografische Daten sind im Internet über
dnb.dnb.de abrufbar.

Herstellung und Verlag:
BoD – Books on Demand, Norderstedt

ISBN: 9783750423633

Inhaltsverzeichnis

Dieses Buch widme ich meiner Familie, meinen Freunden und all den liebenden Lesern, die eine genauso verrückte Schulzeit hatten wie ich.

Bunter

Weiß zu schwarz und schwarz zu weiß,
doch selbst grau ist nicht so viel wie man weiß.
Die Welt ist nicht immer deutlich oder klar,
und es ist alles auch nicht immer wahr.
Doch farbloses Denken ist kein Erdenken.
Ohne Emotionen gibt es auch kein Verschonen.
Wofür? Für Wen?
Es gibt kein Verstehen.

Wieso farblos, wenn Du Farbe kennst?
Wieso Grau, wenn Du bunter denkst?
Wieso weiß zu schwarz und schwarz zu weiß?
Das ist doch nicht alles was Du wirklich weißt?

Sieh doch. Rot ist das Herz das niemals bricht,
die Liebe hat Farbe, besonders wenn sie spricht.
Der Himmel ist blau und ganz besonders nicht grau.
Das Gras wird grüner, die Blumen blühender.

Weg mit weiß zu schwarz und schwarz zu weiß.
Es gibt so viel mehr, was Du noch weißt.
Nun denke bunter, auf mit der Farbe.
Es ist eine unvergleichliche Gabe.

1. Elli

Es war ein gewöhnlicher Sonntagabend wie jeder andere zuvor.

Haily, meine große Schwester, und ich saßen auf ihrem Bett und genossen die noch verbliebene Zeit unseres Wochenendes, während wir beide den Gedanken verdrängten, morgen früh wieder in die Schule gehen zu müssen.

Das Zimmer meiner Schwester war ein wildes durcheinander und doch konnte ich eine gewisse Ordnung in ihrer Unordnung erkennen.

Einige Kleidungsstücke lagen auf dem Boden quer verstreut, dennoch hatte sie eine Passage vom Bett zum Schreibtisch und von dort zur Tür freigelassen.

Ihre Wände waren fast vollständig mit sämtlichen Postern von jeglichen Bands, Schauspielern und Landschaften beklebt.

Teilweise auch sehr schief.

An der Zimmerseite, wo ihr Schreibtisch stand, hing eine riesige, antik designte Weltkarte, geschmückt mit kleinen Fähnchen, die ihre zukünftigen Ziele darstellten.

Es war, so gesehen, eine Spiegelung von ihrem Notizbuch, welches sie zur Planung ihrer Reisen, die sie nach ihrem Abschluss ausleben würde, benutzte.

Haily hatte ihr heiliges Buch gerade von ihrem Nachttisch genommen.

Ihre Augen funkelten, als sie mit der rechten Hand sehnsüchtig über das grün-rosafarbene Blumencover fuhr.

Sie schien schon wieder zu Tagträumen, obwohl wir vor einer Sekunde erst noch darüber geredet hatten, dass sie mir etwas zeigen wollte.

"Hey! Erde an Haily! Ich sitze immer noch direkt vor dir!", versuchte ich sie in die Realität zurück zu holen.

Sie fing an zu lächeln und strich sich schnell eine blonde Haarsträhne hinters Ohr, welche durch den Bobschnitt sofort wieder ins Gesicht glitt. Allerdings schien es sie nicht zu kümmern. Es war vielmehr ein Reflex von ihr, wenn jemand sie mal wieder aus ihren Tagträumen riss.

"Also Elli, ich habe mir überlegt, dass....", begann Haily langsam, während sie anfing in ihrem Buch zu blättern.

"Naja, wie wäre es, wenn wir...du....du weißt schon."

Sie schien schon wieder leicht abzudriften, so wie sie ihr Buch anstarrte, oder sie wollte mich bloß ärgern. Was sie natürlich auch erreicht hatte, denn Geduld konnte man bei mir nicht wirklich groß schreiben.

Ich schnellte nach vorne und schnipste mit meinen Fingern direkt neben ihrem Ohr.

Sie zuckte sichtlich zusammen.

"Hey! Was soll das?!", empört sah sie mich an.

"Ich warte immer noch darauf, was du mir sagen wolltest!"

Ich verschränkte meine Arme vor der Brust und starrte sie herausfordernd an.

Nicht sicher, was sie als nächstes tun würde.

Denn ich musste zugeben, hätte sie neben meinem Ohr mit ihren Fingern geschnippt, dann wäre ich wirklich sehr sauer geworden. Doch zu meinem Glück, hatte meine Schwester eine höhere Toleranzgrenze als ich.

Sie senkte ihren Blick, die Empörung wurde zu einer Gleichgültigkeit, doch verwandelte sich sehr schnell wieder in Begeisterung, als sie wieder auf ihr Buch starrte.

Sie blätterte eine weitere Seite um und hielt es mir anschließend hin.

Auf der linken Seite war ein Bild vom *Weißen Haus*, darunter eines vom *Lincoln Memorial* und vom *Washington Monument*.

Über den Bildern stand Washington D.C. in großen schwarzen Buchstaben.

Auf der rechten Seite flog ein ausgeschnittenes Flugzeug über den Atlantik direkt ins Herz Spaniens, nach Madrid, danach ein weiteres südöstlich nach Valencia.

Dort, neben der Stadt, stand der 7.7., ca. der dritte Tag Urlaub, den ich mit unseren Eltern in Javea verbringen würde.

"Du kommst nach D.C. zu uns und machst mit uns Urlaub?", voller Freude unterdrückte ich den starken Drang sie zu umarmen.

Das konnte endlich wieder ein Urlaub wie früher werden, bevor Haily angefangen hatte mit ihren Freunden zu verreisen und mich allein zu lassen.

Von uns beiden war ich schon immer der größere Familienmensch gewesen, weswegen ich sie nur umso mehr in unseren Urlauben vermisst hatte.

Ich grinste wahrscheinlich schon vom einem Ohr bis zum anderen.

"Nur für ein paar Tage. Aber ich hab mit Mom und Dad noch nicht darüber gesprochen, also behalte es erst mal bitte für dich."

Sie schaute mich fragend an, wartete auf mein Versprechen, dass ich es nicht verraten würde.

Ich nickte grinsend.

"Mein Mund ist verschlossen."

Ich tat so, als würde ich genau diesen mit einem imaginären Schlüssel abschließen und den Schlüssel anschließend wegwerfen.

Haily fing an zu lachen und warf ein Kissen nach mir. Ich fing das Kissen auf und warf es ihr zurück, womit sie nicht gerechnet hatte, denn es landete direkt in ihrem Gesicht.

Jetzt fing ich auch an zu lachen. Wir starteten eine regelrechte Kissenschlacht, während wir immer weiter lachten, angetrieben von dem jeweiligen Lachen des anderen, bis unsere Bäuche anfingen zu schmerzen.

Es war schon immer so gewesen, dass wir, wenn wir zu zweit waren, nicht mehr aufhören konnten zu lachen, weil wir letztendlich nur noch über das Lachen des anderen lachten.

Und gerade wenn einer aufhörte, fing der andere wieder an und alles begann erneut.

Es tat gut jemanden zu haben, mit dem man so einfach Spaß haben konnte.

Ich genoss jede Minute mit Haily.

Doch als plötzlich dumpfe Schreie vom Erdgeschoss durch den Flur zu uns hoch hallten, war sofort jedes Lachen von uns verklungen.

Ich starrte Haily besorgt an. Ihr große-Schwester-Beschützerinstinkt war ihr ins Gesicht geschrieben.

Sie schnellte zur Tür und öffnete sie. Die Schreie wurden deutlicher.

Schmerzerfüllt und enttäuscht, doch ich konnte kein Wort verstehen.

Ich setzte ihr nach.

Haily war schon auf der ersten Treppenstufe nach unten.

Jetzt war ich direkt auf ihren Versen.

"Wie konntest du mir das antun?!"

Die Stimme meines Vaters war verletzt und laut, aber zu leise für ein Schreien.

Mir schien, als wäre das Schlimmste vom Geschrei bereits vorbei sein.

"Jetzt hör mir doch mal zu."

Meine Mutter klang ängstlich. Ihre Stimme zerbrechlich, schon fast leise.

Als ich hinter Haily die letzten Stufen hinabstieg und die Küche betrat, stand unsere Mutter mit dem Rücken zu uns. Sie hatte ihr Gesicht der Gartentür im Wohnzimmer zugewandt, welche durch den Garten und das Gartentörchen zu unseren Parkplätzen führte.

An der verschlossenen Gartentür stand mein Vater. Sein Rücken uns zugedreht, die Hand am Türgriff und den Kopf gesunken.

Er zitterte. Sein Atem ging stoßweise.

Ich wollte hinlaufen und ihn umarmen. Sagen, dass alles gut wird. Doch ich blieb wie angewurzelt stehen. Nur fähig leise zu atmen, während das Geschehen auf mich einprasselte.

Ich verstand nicht, was hier passierte.

Mein Vater nahm einen tiefen Atemzug und straffte die Schultern, als würde er versuchen seinen Mut zu sammeln.

"Sag mir, war ER es wert? Dass.......", er holte noch einmal tief Luft.

"Dass alles zu zerstören?", seine Stimme brach.

Obwohl ich sein Gesicht nicht sehen konnte, wusste ich, dass er weinen musste.

Weinen vor Schmerz.

Ich hätte am liebsten selbst mit angefangen.

"Ich.....Ich....", fing meine Mutter an zu stammeln.

Mein Vater drehte den Türgriff, zum Öffnen der Tür.

18

Er zögerte einen Moment. Ließ seine Hand auf dem weißen Griff ruhen.

"Ich verstehe.", verletzt riss er die Tür auf und verschwand im Dunkeln, die Tür hinter sich zugezogen.

Meine Mutter sprang auf und rannte die Hälfte des Weges zur Tür, blieb allerdings doch abrupt stehen. Sie hob die Hände hoch und vergrub ihr Gesicht darin.

Ich hatte die ganze Zeit wie eine Statur hinter meiner Schwester verharrt. Nicht wirklich verstanden, was hier los war. Erst jetzt drang das Ausgesprochene durch die schneidende Atmosphäre ganz zu mir hindurch.

Mir liefen heiße Tränen übers Gesicht, als mir plötzlich klar wurde, was gerade mit meiner Familie geschehen war. Was noch passieren würde.

Meine Mutter hatte meinen Vater betrogen.

Meine Eltern würden sich scheiden lassen.

Ich ertrug diese Gedanken nicht.

"Mom?"

Haily trat einen unsicheren Schritt auf unsere weinende Mutter zu.

Ihre Schulter fuhren zusammen, als sie sich erschrocken umdrehte.

Ihre Wimperntusche glich einer Kriegsbemalung, so wie die schwarze Farbe ihre Wangen hinunter lief.

"Haily? Elli? Ihr....?", ihre Stimme brach ab und sie schwieg, sie wusste wohl nicht genau, was sie sagen sollte.

Aus meinem Schmerz wurde plötzlich eine solche Wut, dass ich schlucken musste, bevor ich meine Stimme erhob.

Sie hatte unsere Familie zerstört.

"Was hast du getan?!", fuhr ich sie mit meiner weinerlichen Stimme an und rannte ohne auf eine Antwort zu warten nach oben in mein Zimmer.

Ich konnte Schritte hinter mir im Treppenhaus hören, doch ich lief weiter.

Im Zimmer angekommen, schloss ich die Tür ab. Ich wollte nichts hören von niemanden und schon gar niemanden sehen.

Ich wollte nicht, dass meine Eltern sich trennten und ganz sicher wollte ich jetzt nicht darüber reden.

Aber wer war ich schon, um so etwas zu fordern?

Ich setze mich aufs Bett, zog die Beine an und legte meinen Kopf auf die Knie.

"Elli? Liebes?"

Meine Mutter rüttelte an der Tür.

"Liebe hat doch gerade erst alles kaputt gemacht!", platzte ich heraus.

Im selben Moment, indem ich es laut ausgesprochen hatte, wurde es mir klar.

Die Liebe zu dieser anderen Person, hatte meine Familie zerstört.

Liebe war schlecht.

Liebe hatte die Person verletzt, die ich liebte, was mich nur noch mehr verletzte.

Ich schnappte mir meine Kopfhörer, setzte sie auf und schloss sie an meinem MP3-Player an.

Mir war egal, was lief, Hauptsache laut, damit ich niemanden mehr hören konnte.

"Geh weg!", rief ich noch ein letztes Mal durch die verschlossene Tür, bevor ich mich unter der Bettdecke begrub und das Licht ausknipste. Nur um in den folgenden Stunden meine Decke anzustarren und das Weinen immer gezielter zu unterdrücken.

Die Gedanken an meine zerrüttete Familie ließen mich nicht los. Genauso wenig, dass so viele Menschen die Liebe liebten.

Sie wussten alle nicht, dass sie schlecht war, dass sie zerstörte.

Ich würde es jedem zeigen.

Ich hatte keine Ahnung, ob ich überhaupt ein Auge zugemacht hatte, als mein Wecker am Montag morgen klingelte.

Ich wusste nur, ich hatte die Kopfhörer gegen Mitternacht abgenommen.

Noch immer todmüde stand ich auf.

Schnell schnappte ich mir etwas zum Anziehen und schlich ins Bad.

Ich zitterte beim Zähneputzen und drehte die Temperatur beim

Duschen bis zum Anschlag hoch.

Das Geschehen von Gestern saß mir tief in den Knochen.

Heute würde kein guter Tag werden. Am liebsten wäre ich auch einfach wieder unter meine Bettdecke gekrochen und den ganzen Tag nicht mehr aufgestanden.

Aber ich wollte nicht im Selbstmitleid versinken, wollte nicht, dass meine Mutter versuchen würde mir ihre Ansicht der Dinge zu erläutern, die vorgefallen waren.

Das wollte ich überhaupt nicht hören.

Eigentlich wollte ich heute überhaupt gar nichts hören, aber wer bekam denn schon was er wollte?

Also entschied ich mich für das geringere Übel und rannte nach dem Anziehen runter in die Küche, schnappte mir ein Brötchen, belegte es und packte es mir, mit einer Flasche Wasser in die Schultasche.

Erst jetzt bemerkte ich, wie sich etwas auf der Couch bewegte.

Meine Mutter.

"Elli?"

Verschlafen reckte sie sich und versuchte etwas taumelnd aufzustehen. Es sah aus, als hätte sie auch nicht besonders viel Schlaf bekommen.

Ohne zu antworten schlüpfte ich in meine Schuhe, schnappte mir Jacke und Schlüssel und stürmte mit meiner Tasche durch die Haustür.

Ich schloss so schnell es ging, zitternd, mein Fahrrad auf und wartete ausnahmsweise nicht auf meine Schwester, um mit ihr zur Schule zu fahren.

Der Kloß, der sich in meinem Hals breit gemacht hatte, als mich meine Mutter in der Küche erwischt hatte, verschwand erst langsam, nachdem ich etwa einen Kilometer zwischen mich und meinem Zuhause gebracht hatte.

Obwohl ich viel zu früh in der Schule war, welche nur 10 Fahrradminuten entfernt lag, glitten die ersten beiden Stunden schnell vorbei und ich fand mich auch schon in der ersten großen Pause wieder.

Für einen Montag war das nicht normal, aber was war denn schon an diesem Montag normal?

Ich saß an einem der Pausentische im Foyer. Neben mir und ringsum um den Tisch waren meine Freunde.

Betty saß wie üblich neben Fina, da diese sie im Gegensatz zu fast allen anderen durchgehend freiwillig aushalten konnte. Die beiden waren beste Freunde. Auch wenn ich nicht verstand, wie sie nach all ihren Streitigkeiten, wie klein sie auch sein mögen, immer wieder zusammen fanden.

Eve und Liz hatten es sich neben Fina bequem gemacht. Die Beiden gab es praktisch nur im Doppelpack. Wo die Eine hinging, folgte die Andere. Naja, sofern sie den Unterricht zusammen verbringen konnten.

Issi und Sarah besetzten die zwei Stühle neben mir. Issi war wie immer nachdenklich und drehte an einer langen blonden Haarsträhne.

Aber Sarah war unnatürlich still. Sie grübelte wohl auch über irgendwas nach.

Ganz am Rande, in der 2. Stuhlreihe, hatte sich Malia einen Stuhl genommen und sich hinter die Lücke zwischen Fina und Eve niedergelassen. Sie unterhielt sich gerade mit Fina über irgendeine Serie.

Ich hörte nicht zu.

Es war mir auch gewissermaßen egal.

Die Gespräche gingen alle an mir vorbei und ich gab nur die nötigsten Antworten, wenn ich etwas gefragt wurde. Sofern ich es überhaupt bemerkte, während ich starr in meine Umgebung, den Tisch oder die Wand anstarrte.

"Elli, sag schon. Was ist mit dir los?"

Sarahs mitfühlendes Gesicht tat sich vor mir auf. Sie war schon immer diejenige in unserer Gruppe gewesen, die sich um alle sorgte, während so manch andere in ihren ganz eigenen Welten schlummerten.

Widerwillig kniff ich die Augen zusammen. Ich war nicht gewillt alles laut auszusprechen.

Ich wollte es nicht wahr haben.

Also schluckte ich den Schmerz und all die Angst herunter, während die Gespräche der gesamte Clique plötzlich alle erstarben.

Meine Freunde sahen sich mich mit neugierigen Augen an.

Ich dachte kurz nach, atmete tief ein und sammelte meinen gesamten Mut.

Vielleicht...vielleicht könnte sie mir doch helfen.

"Ich möchte, dass ihr mir einen Gefallen tut...Ich möchte, dass ihr darüber nachdenkt, inwiefern die Liebe euch schon verletzt hat."

Ich schluckte schwer, bevor ich mich in meinen eigenen Worten verhaspelte oder über diese stolperte.

Mein Blick traf auf teils verständnislose Gesichter.

Ich schaute auf meine Hände, um ihnen zu entgehen.

„Ihr könnt es auch auf Zettel schreiben und mir anonym geben...Gründe sich nicht zu verlieben.", überrascht über die Stärke in meiner eigenen Stimme stand ich schnell auf und ging in Richtung meines nächsten Unterrichts, bevor sie mich alle noch in meiner Anwesenheit für verrückt erklärten.

Zudem wollte ich natürlich auch nicht sagen, wofür ich es brauchte.

Weswegen ich das tat.

Ich verstand meinen Zustand ja selber noch nicht richtig.

Vielleicht wirklich einfach bloß zum Überzeugen.

Oder vielleicht versuchte ich ja einfach bloß Gründe zu sammeln, um sich nicht zu verlieben.

Um mich selber besser zu fühlen.

Um zu verhindern, dass ich nicht noch einmal verletzt werden würde.

Aber wer wusste das schon?

Ich war ja nicht gerade eine Psychologin.

Gründe gegen die Liebe:

1. Liebe zerstört deine Familie

2. Liebe zerstört das, was du liebst.

2. Sarah

Wir alle sahen überrascht Elli nach, bis sie die Tür zum kleinen Treppenhaus passierte und somit aus unserem Sichtfeld verschwand.

Die bestürzende Stille über ihre Worte dauerte noch mehrere Sekunden an, bevor Bettina, was natürlich selbstverständlich war, das Wort ergriff.

"Was zur Hölle hat die den jetzt schon wieder?!"

Sie warf die Arme nach oben und verdrehte ihre Augen, ihr Bob-Schnitt hüpfte bei jeder Bewegung mit.

Heute war sie wohl besonders kratzbürstig.

An normalen Tagen ging eigentlich nur der Sarkasmus mit ihr durch. Aber heute schien sie selber wegen irgendetwas sauer zu sein, und zwar so, dass sie es mal wieder an den Anderen auslassen würde.

Typisch.

Arme Fina, ich würde darauf wetten, dass auch sie als beste Freundin heute nicht ungeschoren davon kommen würde.

Ich fuhr mir mit der Hand durch meine langen blonden Haare.

"Hey, Elli macht wohl eine schlimme Zeit durch....Ich denke...Ich denke wirklich, wir sollten ihr helfen. Auch wenn es bloß ein paar Gründe sind. Wir sollten gute Freunde sein und sie darin unterstützen, was auch immer sie damit vorhat. Wahrscheinlich ist das das Beste was wir im Moment sogar für sie tun können."

Bestimmend sah ich jeden in unserer Runde in die Augen.

Eve und Liz nickten im Gleichtakt. Malia hatte ein verständnisvolles Lächeln aufgesetzt. Issi nickte und auch Fina legte eine Hand auf Bettinas Schulter.

"Ich finde das ist eine gute Idee. Wir sollten ihr helfen.", versuchte Fina ihre beste Freundin zu überreden.

Bettina schaute sich in der Runde um.

Aus ihren braunen Augen verschwand langsam der Widerstand. Sie hatte bestimmt eingesehen, dass meine Worte bei allen Anklang gefunden hatten.

Es gab niemanden mehr, den sie hätte überreden können, denn alle hatten bereits die Entscheidung getroffen, Elli zu helfen.

"Na gut."

Die Brünette verdrehte noch ein letztes Mal Ihre Augen, stand auf und wartete auf Fina um zum nächsten gemeinsamen Unterricht gehen zu können.

"Mach schneller Finchen! Ich will meinen Platz nicht verlieren."

Kurz bevor Fina damit fertig war, ihre ganzen Sachen einzusammeln, stapfte Bettina auch schon los.

"Warte Betty!"

Die Rothaarige hüpfte ihr kurzerhand nach, während ihr das ein oder andere wieder herunter fiel, womit die Verfolgung ihrer besten Freundin durch das andauernde Aufheben ihrer eigenen Sachen nicht gerade leichter wurde.

Fina war schon immer ein wenig tollpatschig gewesen.

Ich fragte mich, wie die beiden es bloß miteinander aushalten konnten.

Aber das war ja nicht meine Baustelle.

Gott sei Dank.

Unser Pausentisch löste sich langsam auf, bis auch ich schließlich aufstand und zum Unterricht gehen wollte.

Ich nahm meine Sachen und ging in Richtung der Treppe, die Elli genommen hatte.

Ich war nur noch einige Meter von der Feuerschutztür des kleineren Treppenhauses entfernt, als ich Cole sah.

Mein Freund kam mir entgegen, wollte wohl auch die gleiche Treppe nehmen.

Er musste mich noch nicht gesehen haben.

In diesem Moment hob er seinen Kopf und als unsere Blicke sich trafen, drehte er sich schnell um und ging zu einer anderen Treppe, die sich am anderen Ende der Schule befand.

Wut kochte in mir auf.

Das war ja super.

Nach unserem Streit am Samstag schien er noch nicht einmal daran interessiert zu sein, die Sache aus der Welt zu räumen.

Was für ein Mistkerl.

Er hatte gestern noch nicht einmal versucht mich zu erreichen.

Wie ich so war, hatte ich es natürlich auch nicht bei ihm probiert.

Wozu auch, er hatte Mist gebaut. Da konnte er sich ja auch bei mir entschuldigen.

Ich würde ihm ganz sicher nicht nachrennen.

Ich dachte darüber nach was Elli gesagt hatte.

Vielleicht...Vielleicht war es für manche Situationen gut sich nicht zu verlieben.

Um nicht enttäuscht zu werden.

Um nicht verletzt zu werden.

Sich nicht gegenseitig weh zu tun.

Einfach bloß um den Herzschmerz zu vermeiden.

Aber es gab ja auch immer zwei Seiten der Medaille.

Zornig ging ich die Treppe hinauf, bis in den zweiten und somit letzten Stock.

Ich hatte jetzt Spanisch.

Mit Elli.

Eine ganze Doppelstunde, die uns von der nächsten erlösenden Pause trennte.

Ich schlenderte den weißen Schulflur bis zu meinem Unterrichtsraum, 216, entlang.

An manchen Stellen war er kahl und leer und wiederum an anderen bunt geschmückt mit Bildern aus den Kunstunterrichten und jenen Schülern, die vor ihren Räumen saßen oder standen und darauf warteten, dass ihr Raum aufgeschlossen wurde.

Schließlich kam ich am grünen Türrahmen meines Unterrichtsraumes an und ging hindurch.

Im Gegensatz zu der Mehrheit der Räume, waren seine Wände in einen angenehmen Gelbton angestrichen worden, was dem Raum eine gewisse Freundlichkeit verlieh.

Die Tische und Stühle formten ein riesiges U und am oberen offenen Ende prangte der Lehrertisch, etwa einen Meter von der grünen Tafel entfernt.

Es waren schon einige meiner Mitschüler auf ihren Plätzen, jedoch fehlte jedes Anzeichen von meiner Spanischlehrerin.

Ein anderer Lehrer musste den Raum im vorbeigehen aufgeschlossen haben.

Auch Elli saß bereits auf ihrem Platz an der Wandseite.

Doch anstatt hinaus zu schauen, durch den gesamten Raum und schließlich durch die Fensterwand, wie sie es normalerweise tat, wenn sie schon vor mir da war, schrieb sie irgendetwas auf ihren Block.

Ich setzte mich auf meinen Sitzplatz neben ihr und stellte meine blaue Schultertasche ab.

Sie war vollkommen in ihre Worte und Zahlen vertieft, ich bezweifelte, dass sie mich bemerkt hatte.

"Hey", begrüßte ich sie, während ich die Schultasche nach den Spanischunterlagen durchsuchte.

"Hi."

Ohne von ihrem Block aufzuschauen, schrieb sie einfach weiter.

So hatte ich sie noch nie erlebt.

Normalerweise war sie doch die Freude selbst.

Der Optimismus in Person.

Aber heute.....

Es musste tatsächlich etwas sehr sehr schlimmes vorgefallen sein, um sie so zu verändern.

Ich holte die Unterlagen, sowie Block und Mäppchen heraus, nahm mir einen Stift und kritzelte auf das erste Blatt meines Blockes.

- Gründe sich nicht zu verlieben: -, schrieb ich ganz oben auf die Seite, wie sie es ganz oben auf ihren Block geschrieben hatte.

Allerdings konnte ich die darauffolgenden Punkte, die sie aufgelistet hatte, nicht lesen. Sie hatte ihren Arm mit Absicht darüber gelegt.

Unbekümmert schrieb ich auf meinem Blatt weiter.

- 1. Herzschmerz vermeiden.

- 2. Sich nicht gegenseitig weh tun.

- 3. Um mehr Zeit für die Freunde zu haben.

Ich setzte den Stift ab, riss das Blatt aus den Block und schob es Elli über den Tisch zu.

Neugierig hob sie ihren Blick und nahm mit ihrer freien Hand das Blatt. Sie legte es auf ihr eigenes und las es durch.

Ein dankbares Lächeln glitt über ihr Gesicht, bis sie sich im Klaren darüber wurde, wieso gerade ich solche Gründe aufgezählt hatte.

Sie schaute mich besorgt an.

"Nur Streit. Im Moment. Bitte erzähl es keinem."

Sie nickte und drückte verständnisvoll meine Hand.

"Du weißt, meine Tür ist immer offen, wenn du nicht nach Hause möchtest."

Ich schaute sie eindringlich an, hoffte, dass sie meine angebotene Zuflucht annehmen würde.

Sie sah wirklich nicht gut aus.

Abgesehen davon, dass sie wahrscheinlich nicht gerade viel geschlafen hatte, war es ihr mittlerweile ins Gesicht geschrieben, dass etwas vorgefallen war.

Zumindest für einen kurzen Moment, bis sie wieder ihre gleichgültige Maske aufsetzte, mit der sie heute morgen schon zur Schule gekommen war.

Es schien fast so, als würde sie kein Mitleid wollen.

Als würde sie gar nicht wollen, dass jemand davon erfahren würde.

Ihr half.

Es musste etwas sehr Privates sein.

Trotz alledem brachte sie ein höfliches "Danke" heraus.

Ich war mir nicht sicher, ob ich sie richtig gelesen hatte.

Das Klassenzimmer hatte sich mittlerweile gefüllt und unsere strenge Spanischlehrerin kam herein.

Augenblicklich erstarben alle Gespräche.

Wie immer trug sie die schwarzen Haare in einen strammen Pferdeschwanz und hatte sich dicken Kajal um die Augen gemalt, damit sie umso strenger aussah. Obwohl sie eigentlich ziemlich nett war.

Allerdings wussten das nicht alle, da Elli und ich die Einzigen waren, die sie seit der fünften Klasse hatten.

Nachdem Frau Halagan ihre Tasche abgesetzt und ihre Unterlagen auf den Tisch gelegt hatte, begann sie direkt mit dem Unterricht.

In ihrer autoritären Art nahm sie wahllose Schüler dran, die ihre Fragen beantworten mussten.

Nur Elli und ich schienen heute außen vor zu bleiben.

Ich versuchte dem Unterricht zu folgen und gleichzeitig auf Elli zu achten, die kein einziges Mal von ihrem Blatt aufschaute.

Sie hatte mittlerweile zwei verschiedene Blätter auf ihrem Tisch liegen.

Das eine von eben und ein weiteres um den Unterricht auf Papier festzuhalten.

Mein Blatt, das ich ihr zuvor zugeschoben hatte musste sie bereits weggepackt haben.

Die Unterrichtsstunden gingen nur schleppend zu Ende. Doch schließlich beendete Frau Halagan den Unterricht und erlöste uns mit einem "Hasta mañana.".

Ich hatte noch nie gesehen, dass Elli ihre Tasche so schnell gepackt hatte, doch gerade als sie aufstehen und gehen wollte ertönte Frau Halgans Stimme ein weiteres Mal.

Das erste Mal seit zwei Unterrichtsstunden allerdings auf Deutsch.

"Elli? Kann ich mit dir bitte sprechen?"

Die Lehrerin hatte fragend die rechte Augenbraue hoch gezogen und schaute Elli aus ihren dunklen Augen bestimmend an.

Das war keine Bitte gewesen.

Ich war mir sicher, dass wusste Elli auch, denn sie ließ ihre Tasche wieder auf den Tisch sinken.

Sie versuchte ein Lächeln in ihrer Es-geht-mir-gut-Maske aufleben zu lassen und es gelang ihr, zumindest ansatzweise.

"Natürlich."

Sie senkte den Kopf und schaute mich an.

"Geh du schon mal vor, ich komme gleich nach."

Ich nickte zustimmend, nahm meine Tasche und ging den Weg zu unserem Pausentisch zurück.

Ich fragte mich, was die beiden bloß besprachen.

Vielleicht hatte Frau Halagan doch etwas bemerkt.

Immerhin kannte sie Elli und mich schon einige Jahre. So wie wir wussten, dass sie nicht von Grund auf so war, wie sie es immer vorgab, so wusste sie wahrscheinlich auch, wenn wir etwas zu verbergen hatten.

Elli hatte nun mal auch nicht versucht sich so wie immer zu verhalten.

Sie war sonst ständig diejenige, die auf jede Frage von unserer Spanischlehrerin eine Antwort hatte und sich sogar häufig freiwillig im Unterricht meldete.

Ich hoffte bloß, dass es nichts schlimmes war, das Frau Halagan auf dem Herzen hatte.

Ich war so in meinen Gedanken vertieft, dass ich gar nicht bemerkte, wie ich bereits vor dem Tisch unten im Foyer stand.

Ich legte meine Tasche auf einen Stuhl, grüßte Malia, die schon am Tisch saß und ein paar Äpfel aß und ging anschließend auf die Toilette.

Ich wollte gerade die Kabine wieder aufschließen, als ich zwei bekannte Stimmen vernahm.

"Das mit Sarah und Cole wird eh nicht mehr lange dauern."

Das war Bettina.

Ihre quietschige arrogante Stimme würde ich überall wieder erkennen.

"Sag das nicht."

Fina.

Sie nahm mich in Schutz.

Ich wurde wütend auf Bettina, dachte kurz darüber nach aus der Kabine zu stürmen und sie zur Rede zu stellen. Dennoch entschied ich mich dagegen und wartete ab.

Sie schienen vor dem Spiegel im vorderen Teil der Toiletten stehen geblieben zu sein.

Es war sonst noch niemand hier.

Anscheinend wurden wir etwas zu früh vom Unterricht entlassen.

"Ich finde wir sollten es ihr trotzdem sagen."

Finas Ehrlichkeit überraschte mich nicht besonders. Sie war schon immer die Stimme der Vernunft von den beiden gewesen.

Diejenige, die die meisten schlechten Taten Bettinas wieder Gerade rückte.

Aber was wollte sie mir sagen? Was hatte es mit Cole und mir zu tun?

"Ich weiß nicht. Kann sie überhaupt ohne ihn? Und was würde das mit unserer Gruppe anstellen? Ich meine, ich kann Malia nicht leiden, aber unsere Clique würde sich spalten. Und auf dieses Drama habe ich wirklich keine Lust!"

Ich konnte fast schon durch die Wand vor mir sehen, wie sie mit der Hand ihre Haare zur Seite warf, während ich nur noch mehr in Ärger versank.

Cole und Malia?!

War das wirklich ihr Ernst?!

Und er!

Was für ein Mistkerl!

Wie konnten die beiden mir nur so etwas antun?!

Vor Wut liefen mir die Tränen über die Wangen. Ich stürmte aus der Kabine zu den Waschbecken und den Spiegeln.

Fähig dazu Bettina fertig zu machen. Aber die beiden waren nicht mehr da.

Noch mehr Wut ballte in mir auf.

Ich fühlte mich so hintergangen.

Ich wusch meine Hände und spritze mir kaltes Wasser ins Gesicht.

Mir war egal, dass ich weinte.

Mir war egal, wie ich gerade aussah.

Ich war so außer mir. So verdammt sauer.

Auf Cole.

Auf Malia.

Auf Bettina.

Und ja, sogar auf Fina, auch wenn das sonst nicht möglich war.

Ich war so wütend, dass ich aus der Toilette heraus stürmte, zum Tisch ging und meine Tasche nahm.

Malia war längst nicht mehr da. Andererseits hätte sie es jetzt auch hinter sich gehabt.

Fina schaute mich bestürzt an, in dem Wissen, was Bettina und sie gerade getan hatten.

Ohne ein Wort ging ich in Richtung Ausgang.

Jemand lief mir hinterher. Doch in meinem Wutrausch ging ich schnurstracks weiter. Bis ich kurz vor den Türen plötzlich stehen blieb und mich nach rechts drehte.

Dort auf der anderen Seite des Foyers waren die anderen Pausentische nebeneinander aufgereiht.

Cole stand dort.

Schnurstracks ging ich auf ihn zu.

Er sah mich kommen, drehte sich mir zu. Ungewiss, was ihn erwartete. Die Gruppe, von seinen Freunden, um ihn herum lüftete sich, so dass ich auf direkten Wege zu ihm konnte.

Ich holte mit meiner Hand aus und schlug ihn aus lauter Zorn so fest ich konnte mit der flachen Hand seitlich aufs Gesicht.

Die Stelle lief direkt rot an.

Ich drehte mich sofort um und stürmte auf den Ausgang zu, ohne überhaupt ein Wort zu sagen. Wahrscheinlich hätte ich auch nur gestottert, mich zum Narren gemacht. Noch mehr als ich es bereits war.

Er war so ein Schwein.

So ein Mistkerl.

Verräter.

Fremdgänger.

Kurz hinter den Türen schnappte ich nach Luft.

Mein Magen meldete sich.

Mir war schlecht. So schlecht von alldem.

Ich ging zu dem Fahrradparkplatz, nahm mein Fahrrad und fuhr nach Hause. Ständig darauf bedacht mich nicht zu übergeben.

Zuhause angekommen, verkroch ich mich nur noch unter meiner Bettdecke und stand nicht mehr auf.

Das Einzige was ich tat, außer an die Decke zu starren und meine Gedanken zu überschlagen, war Elli zu schreiben, die mir tausend Nachrichten geschrieben hatte, obwohl es ihr wahrscheinlich noch schlechter ging als mir.

Ich schrieb ihr meine Gründe sich nicht zu verlieben zurück.

Denn Elli hatte letztendlich doch Recht behalten.

Gründe gegen die Liebe:

3. Um nicht enttäuscht zu werden.

4. Sich nicht gegenseitig weh zu tun (Rosenkrieg).

5. Herzschmerz vermeiden.

6. Um nicht hintergangen zu werden.

7. Um keine Freundin zu verlieren, weil diese mit deinem Freund fremd geht.

8. Männer sind Schweine.

3. Fina

Stillschweigend lief ich neben meiner besten Freundin her, es war ein angenehmes Schweigen, jenes, dass man nur mit den Leuten hatte, die man schon sehr lange kannte.

Wir waren auf dem Weg zu unserer heißgeliebten Pizzeria in der Nähe der Schule.

Vor etwa zehn Minuten hatten wir endlich das Ende der sechsten Stunde erleben dürfen und uns so schnell wie möglich auf den Weg gemacht, da es gerade an Montagen sehr schwer war dort noch einen freien Platz zu bekommen, geschweige denn zwei.

Ich dachte über Sarah nach.

Darüber, wie sie aus der Schule gestürmt war.

Immerhin mussten wir jetzt nicht mehr entscheiden, was wir tun sollten.

So schlimm es sich auch anhörte, aber sie hatte es verdient davon zu erfahren.

Trotzdem hätten ich es mir anders für sie gewünscht.

Hätte es ihr gerne ruhig erzählt. Sie umarmt. Ihr beigestanden.

Nur jetzt konnte man es nicht mehr ändern.

Ich versuchte ihre Situation positiv zu sehen. Vielleicht würde ich nach der Schule bei ihr vorbei fahren. Versuchen das Fettnäpfchen, in das ich getreten war wieder los zu werden. Oder die Suppe auszulöffeln. Wie auch immer diese

Sprichwörter gingen.

Ich seufzte hörbar und fing mir einen fragenden Blick von Betty ein.

"Wir sind gleich da.", stellte ich lächelnd fest, doch sie war scheinbar nicht an einer weiteren Konversation interessiert und nickte bloß zustimmend.

Sie schien über irgendetwas nachzudenken.

Meiner Erfahrung nach würde sie es mir sagen, wenn sie dazu bereit war, also widmete ich mich unserer Umgebung.

Kurz vor uns befand sich eine kleine Bushaltestelle, an der wir jeden Montag vorbeikamen.

Sie war gesäumt von zwei Ahornbäumen, die aufgrund der hohen Temperaturen der letzten Wochen mittlerweile schon Knospen trugen.

Es war eine sommerlich warme Woche ohne jeglichen Regen gewesen, recht selten für eine Februarwoche. Doch wie es üblich war, würde es schon bald wieder regnen und die wunderschönen Temperaturen würden so schnell verschwinden, wie sie gekommen waren.

Schließlich würden sie unter 10°C sinken und das Ende der Knospen bedeuten.

Wie nun mal alles ein Ende hatte.

Ich musste grinsen, hätte ich meine Gedanken laut ausgesprochen würde Bettys Kommentar jetzt unmittelbar folgen und mich *Fina, die pessimistische Philosophin* nennen.

Ich riss mich aus meinen Gedanken und überflog die Menschenmenge an der Bushaltestelle.

Als ich genauer hinsah, erkannte ich einzelne Gesichter aus unserer Stufe.

"Weißt du, da ist dieser Typ.", setzte Betty an.

Ich grinste ihr kurz zu und widmete mich dann wieder dem Geschehen an der Bushaltestelle.

Ich ließ meinen Blick ein weiteres Mal über die Menschenmenge schweifen, die auf den Bus wartete.

"Und...?", schmunzelte ich.

"Kein und ... Da ist so ein Mädchen, sie mag ihn auch.", mit gesenktem Kopf trottete sie weiter neben mir her.

Ich machte eine theatralische Geste und fing dann an zu grinsen.

"Ein Grund, aber kein Hindernis.", äffte ich sie nach, da sie genau das immer zu sagen pflegte. Auch wenn ich nicht hinter dieser Philosophie stand, ich hatte ja heute erst gesehen, was daraus folgte.

"Das ist nicht witzig!", gab sie genervt zu bedenken und schlug mit dem Heft nach mir, dass sie seitdem wir das Schulgelände verlassen hatten in der Hand hielt.

Ich wich aus und zwinkerte ihr kurz zu.

"Wer ist denn der Glückliche?"

Eingeschnappt funkelte sie mich böse an.

"Brauchst DU nicht zu wissen.", schnaufte Betty verächtlich.

"Und die Andere?", harkte ich nach, doch sie schien mich gekonnt zu ignorieren, was nicht gerade selten geschah.

Ich war nun mal diejenige, die andere nur allzu gerne ärgerte, während Betty schnell eingeschnappt war und meinen etwas schwarzen Humor nicht verstand, wie auch überhaupt nicht lustig empfand.

Aber Betty hatte selbst ihren Nicknamen anfangs nicht leiden können, allerdings brachte eine gewisse Hartnäckigkeit meinerseits sie dazu etwas lockerer zu werden. An ihrem Humor arbeitete ich noch, trotz der geringen Erfolgsaussichten.

Ein weiteres Mal ließ ich meinen Blick über die Menschenmenge schweifen, wir hatten sie jetzt fast erreicht.

Ich beobachtete die einzelnen Personen und blieb dabei an einem nicht allzu bekannten Gesicht hängen.

Meinem Langzeitschwarm.

Seine dunkelgrünen Augen und die blonden Haare hoben sich fast schon von der wartenden Menge ab.

Wer hätte das gedacht, dass er wie jeden Tag hier auf den Bus wartete?

Oh Gott, jetzt hörte ich mich ja schon wie ein richtiger Stalker an, aber es war ja nicht so, dass ich ihm bis nach Hause nach spionierte.

Im Gegensatz dazu, wusste ich schon vorher wo er wohnte.

Und zwar in der Nachbarschaft derjenigen, die gerade eingeschnappt neben mir her lief.

"Fina! Hast du überhaupt gehört, was ich gesagt habe?"

Ich nickte zustimmend, obwohl ich nicht den geringsten Plan hatte, von dem was Betty gerade von sich gegeben hatte.

Ich beobachtete weiterhin meinen Langzeitschwarm, den wir in wenigen Metern passieren würden.

"Gut! Was habe ich denn gesagt?"

Betty blieb ruckartig stehen und verschränkte ihre Arme. Das zwang mich meinen Blick loszureißen und ihr meine Aufmerksamkeit zu schenken.

Ich blieb also auch stehen und drehte mich ihr zu.

Sie hatte ein herzförmiges Gesicht und war um ein paar Zentimeter größer als ich. Ihre braunen Augen schauten mich herausfordernd an.

"Mmmm....", setzte ich an und suchte nach einer guten Ausrede.

"Na toll!", fuhr sie mich an.

"Du hast schon wieder getagträumt! Wieso kannst du mir nicht einmal zuhören?!"

Ich versuchte ihr entschuldigend entgegen zu lächeln.

Es war wirklich eine Angewohnheit von mir meine Gedanken schweifen zu lassen, während ich nichts von meiner Umgebung mehr mitbekam.

Das tat mir manchmal leid, gerade bei Betty, da es mich bei einer anderen Person auch nerven würde. Ich hatte Glück sie gefunden zu haben, denn nach allem was vorgefallen war, nach all unseren Streitigkeiten und den nervigen Angewohnheiten waren wir noch immer Freunde.

Also ließ ich mein entschuldigendes Lächeln mit einem Hauch Sarkasmus verschwinden und nuschelte eine Entschuldigung.

Sie seufzte und ging schließlich weiter.

"Jedenfalls habe ich gesagt, dass die Andere in unserer Stufe ist, ich aber nicht aufgeben werde!"

Entschlossen hob sie ihr Kinn, während ihre hellbraunen Haare im Wind zu tanzen schienen.

Als sie mich passiert hatte, drehte ich mich ruckartig um, um mit ihr Schritt zu halten. Doch plötzlich trat ich auf etwas rutschiges, fand keinen Halt mehr und fand mich auf dem Boden genau vor meinem Langzeitschwarm wieder.

Das Gelächter drang an mein Ohr, bevor ich mich umschauen konnte.

Sogar Betty hatte angefangen zu lachen.

Ich spürte wie das Blut in meine Wangen schoss und sich der Schmerz von dem dumpfen Aufprall bemerkbar machte.

Ich versuchte diese missliche Lage noch zu retten und fing trotz der Schmerzen an selbst zu lachen, doch mein Lachen erstarb nach kurzer Zeit auch schon wieder.

Ich sah mich auf dem Boden um und entdeckte eine Bananenschale neben mir liegen.

Mir passierten ja auch nur die Klischees!

Als ich versuchte aufzustehen, schob sich eine geschmeidige Hand in mein Blickfeld.

"Alles okay mit dir?", die Stimme klang besorgt ohne jeglichen Hauch von einem Lachanfall.

Ich sah den Arm hinauf und erblickte seine grünen Augen.

Dannys grüne Augen.

Ich musste schmunzeln und ergriff leicht beschämt seine Hand.

Dass ich auch wirklich auf einer Bananenschale ausrutschen musste!

Ich stand mit seiner Hilfe auf und ließ schließlich seine Hand los.

"Geht schon.", entgegnete ich ihm und versuchte zu lächeln, während ich mir den Schmutz abklopfte.

"Du bist wirklich nicht verletzt?", harkte er nach und schaute mich mit seinem sorgenvollem Blick prüfend an.

Um ein Haar wäre ich wieder in meine Gedankenwelt abgedriftet und hätte das hier noch mehr vermasselt.

"Ich bekomme bestimmt nur ein paar blaue Flecke, nicht der Rede wert.", versicherte ich ihm.

Er wollte etwas erwidern, doch in diesem Moment erschien Betty an meiner Seite und grüßte ihn freundlich. Sie schien sich nicht einmal für mich zu interessieren.

Bevor ich noch etwas sagen konnte fuhr auch schon der Bus vor und beendete somit unsere Unterhaltung.

Danny verabschiedete sich von uns und stieg in den Bus ein.

Ich seufzte kläglich in dem Wissen, dass Betty genau wusste weswegen.

Sie kannte so gut wie jedes Geheimnis von mir, wie ich auch ihre.

Ausgenommen, den Namen des Glücklichen, auf dem sie ein Auge geworfen hatte.

Aber das würde ich noch herausbekommen.

Wir machten uns wieder auf den Weg zur Pizzeria, wo hoffentlich noch zwei Plätze auf uns warteten. Wir waren nicht gerade spät, doch ca. fünfzig Meter hinter uns, kam schon die Pilgermasse, die wie wir auch auf dem Weg zum Essen waren.

Die Kleinen aus den untersten Stufen fingen schon an zu rennen, was mich ein wenig nervös machte.

Ich beschleunigte meine Schritte, Betty tat es mir nach und nach kurzer Zeit waren wir auch schon drinnen. Wir gingen links an der Kasse vorbei und schauten in den großen Raum.

Die Tische erstreckten sich von der Kasse aus bis zu den Fenstern am anderen Ende des Raums.

Es waren noch viele Plätze frei.

Ohne ein Wort gingen wir quer durch den Raum zu unseren Lieblingsplatz am Fenster und setzten uns an den Tisch.

Hier fiel die Sonne durch das Fenster, gerade so viel, dass es uns nicht blendete aber wunderschön wärmend wirkte.

Ich sah mir die Speisekarte an, mit dem Hintergedanken, dass ich eigentlich genau wusste, was ich bestellen würde.

Es dauerte nicht lange, bis sich in mir wieder die Neugier breit machte.

"Also wer ist es?", drängte ich sie.

Betty, die ebenfalls eine Speisekarte vor ihrem Gesicht hatte, zog diese jetzt ein wenig herunter und rollte mit ihren Augen.

Ich musste zugeben so genervt hatte ich sie noch nie gesehen. Also beschloss ich sie nicht weiter zu drängen und schob die Frage in die hinterste Ecke meiner Gedanken.

Einen Augenblick später war auch schon die Kellnerin da, Malia, sie hatte bemerkt, dass sie die letzten beiden Stunden frei hatte und war schon früher zu ihrem Nebenjob, hier in der Pizzeria, mit ihrem Fahrrad gefahren.

Betty und ich hatten beschlossen, ihr nichts von dem Vorfall mit Sarah zu erzählen.

Es würde alles nur noch schlimmer machen. Und Malia würde wahrscheinlich versuchen uns auf ihre Seite zu ziehen.

Ich hasste das.

Seiten zu wählen, während andere den Streit führten.

Es war so unnötig. Niemand außer den Betroffenen hatte etwas damit zu tun und ganz bestimmt kein Außenstehender, der nur die eine Seite der Geschichte kannte.

"So Leute, was darf ich euch denn heute bringen? Das Übliche?", Malia zwinkerte uns zu.

Sie war so ahnungslos.

"Klar, danke dir.", erwiderte ich freundlich, da ich genau wusste, das Betty nie etwas anderes bestellte als ihre innig geliebte vegetarische Pizza.

Ich sah sie wieder an und bemerkte nebenbei, wie Malia unseren Tisch verließ und weitere Bestellungen aufnahm.

Betty rollte erneut mit den Augen, während sich die Pizzeria schnell mit den ganzen Schülern aus der Pilgermasse, die sich noch eben kurz hinter uns befanden, füllte.

"Wie kannst du sie bloß mögen?"

Ihre Stimme war beinahe so laut, dass Malia sie hätte hören können, doch Betty schien das kein bisschen zu stören.

Was auch immer heute mit ihr los war, ich war mir sicher, sie würde sich morgen dafür schämen etwas Dummes gemacht zu haben.

"Sie ist nett. Und außerdem, ist das denn nicht meine Entscheidung.", flüsterte ich ihr entgegen und versuchte sie möglichst verständnisvoll anzuschauen.

Ich stützte meinen Kopf auf den Tisch und versuchte mich an einem kleinem Lächeln.

"Was ist los mit dir, Betty?", ich legt meinen Kopf leicht schief, hatte meinen Sarkasmus aus meiner Stimme verbannt.

In dieser Situation war mit ihr nicht mehr zu spaßen.

"Was mit MIR los ist?", empört wiederholte sie meine Frage etwas zu laut.

Einige Schüler drehten sich zu uns um. Wahrscheinlich in der Hoffnung neuen Tratsch aus nächster Nähe bestaunen zu können.

"Es sollte wohl eher heißen, was mit dir los ist?!"

Verwirrt sah ich sie an.

"Was meinst du?"

Sie schnaufte verächtlich.

"Was ich meine?! Du hörst mir kein bisschen zu, fragst mich andauernd Sachen, die ich nicht sagen will und kommst einfach nicht damit zurecht wenn ich den Anderen meine Aufmerksamkeit widme!", explodierte sie plötzlich.

Ärger kam in mir auf. Bevor ich es verhindern konnte, sprudelte es auch schon aus mir heraus.

"Ist das jetzt dein Ernst?! Du kannst doch einfach sagen, dass ich nicht weiter fragen soll und das mit Anderen-deine-Aufmerksamkeit-schenken ist mir egal! Inwiefern sollte mir das etwas ausmachen?! Außerdem, glaube ich du meinst mit dem letztem Punkt wohl eher dich selbst..."

"Ich kann noch nicht mal mit dir über normale Dinge reden!", schnitt sie mir das Wort ab, dann verstummte sie abrupt.

Ohne ein Wort stellte Malia das Essen auf den Tisch. Betty griff sofort in ihre Tasche, holte das Geld für ihre Pizza raus und drückte es Malia in die Hand. Dann stampfte sie wütend aus der Pizzeria.

Ohne ihre Pizza.

Ich sah ihr sauer hinterher.

Was zum Teufel war aus meiner Freundin geworden?

"Alles okay?", besorgt schaute Malia vom Essen, das sie gerade auf den Tisch gestellt hatte, zu mir auf.

Ich nickte ihr zu.

"Nur ein kleiner Streit.", versicherte ich ihr, doch ich schien mich selbst nicht einmal zu überzeugen.

Denn ich wusste genau, dass das hier etwas viel Größeres ausgelöst hatte, etwas das nicht besonders schnell hinter einem zu lassen war. Malia lächelte mir aufmunternd zu.

Missmutig sah ich mein Stück Margarita an.

Mir war sichtlich der Hunger vergangen. Ich hatte mich vorher nur über Kleinigkeiten mit Betty gestritten gehabt. Um ehrlich zu sein, hatte ich keine Ahnung wie ich über diesen plötzlichen Ausbruch ihres Ärgers reagieren sollte. Ich hoffte einfach inständig, dass es sich morgen ein wenig gelegt hatte.

Ich kramte mein Geld raus und drückte es Malia passend in die Hand, nahm mein Stück Pizza und verließ getrübt das Restaurant.

Nachdem ich endlich die achte und somit letzte Stunde für heute überlebt hatte, nahm ich mein Fahrrad und wollte zu Sarah nach Hause fahren.

Bettys Fahrrad war bereits weg gewesen, als ich Schluss gehabt hatte.

Ich war mir nicht sicher, ob sie überhaupt zu ihrem Nachmittagsunterricht gegangen war oder einfach geschwänzt hatte, wie sie es manchmal machte, wenn ihr irgendetwas nicht passte.

Anscheinend war sie wirklich sauer auf mich.

Aber es war mir zumindest gerade gleich. Sie würde ohnehin nur fragen, was es bringen würde zu Sarah zu fahren. Und ich würde nur wieder versuchen es herunter zu spielen, damit sie es nicht in den falschen Hals bekommen würde.

Nun gut.

Unser Streit war mir nicht vollkommen gleich. Ehrlich gesagt brodelte ich etwas vor Wut. Es nervte ständig darauf achten zu müssen, dass man nicht das Falsche sagte, tat oder nur so aussah als ob.

Es nervte mich alles herunter zu schlucken, was mich störte.

Was ich jedes einzelne Mal tat.

Immer und immer wieder.

Bis mein imaginäres Fass voll war, oder jemand es zum Sturz brachte. Was schlussendlich nur dazu führte, dass alles heraus sprudelte. Jede kleine Tat, jedes nervige Etwas.

Ich war sogar wirklich sauer.

Auf Betty.

Bei den meisten Sachen wusste ich schon gar nicht mehr, wieso ich so sauer war, ich hatte nur noch die angestaute Wut in mir.

Doch anstatt etwas wahrscheinlich Dummes zu machen, hielt ich mich an meinen Plan zu Sarah zu fahren.

Um wenigstens zu versuchen etwas Gutes zu tun.

Das alles hatte sie einfach nicht verdient.

Als ich bei Sarah ankam, war Elli bereits da.

Sie hatte gerade ihr Fahrrad vor der Tür geparkt und abgeschlossen.

Elli stand mit einem großem Rucksack auf dem Rücken vor der Haustür.

Den Finger zog sie von der Türklingel zurück, Sekunden später schwang die Tür auf und Elli verschwand im gelben Haus.

Die Tür fiel wieder ins Schloss.

Als wäre nichts gewesen.

Ich drehte mein Fahrrad in die entgegengesetzte Richtung.

Ein zweites Gesicht würde sie jetzt wohl kaum sehen wollen.

Ganz zu schweigen von dem, was Elli bedrückte.

Ich wäre jetzt die Letzte, die die beiden sehen wollen würden.

Also fuhr ich nach Hause, wo mich bereits ein warmes Mittag-Abendessen empfing, dass meine Mutter gekocht hatte.

Es musste gerade erst fertig geworden sein, da weder meine Eltern noch mein Bruder etwas gegessen hatten, obwohl alle drei bereits am Tisch saßen.

Ich begrüßte meine Familie und setzte mich mit an den Tisch, auf dem auch ein Teller für mich samt Besteck und Glas gewartet hatte.

"Na? Wie war es in der Schule, Fina?", ärgerte mein Vater mich.

"Möchtest du wirklich, dass ich frage wie es bei dir auf der Arbeit war?"

Ich lächelte ihm entgegen und zog gekonnt eine Augenbraue hoch.

Er fing an zu lachen.

"Gut dann haben wir das geklärt."

"Gab es denn wirklich nichts neues, Finchen?", bohrte meine Mutter neugierig nach.

Sie sah mir irgendwie jedes Mal an, wenn etwas in der Schule passiert war. Ob gut oder schlecht spielte da keine Rolle. Egal wie sehr ich versuchte manche Dinge zu verstecken, sie las mich dennoch wie eines ihrer Bücher.

"Nur der ganz normale Wahnsinn."

Ich versuchte zu lächeln und ihr gleichzeitig zu verstehen zu geben, dass ich nicht darüber sprechen wollte.

Sie verstand und lenkte das Tischgespräch von mir ab.

"Wie war denn dein Tag, Joss?"

Joss, mein älterer Bruder, schluckte ertappt das Essen herunter um sprechen zu können.

Er krümmte sich etwas, wedelte mit der Hand und nahm schnell einen Schluck Wasser.

"Heiß.", brachte er ein klein wenig schmerzerfüllt hervor.

"Du solltest nicht immer so schlingen.", erinnerte mein Vater ihn.

Unbekümmert von dem Kommentar fing mein Bruder damit an von seinem Tag zu erzählen. Ein Künstler seiner Worte, wie er war, fasste er das Geschehen zusammen.

"Gut, danke. Und deiner?"

Meine Mutter verdrehte die Augen.

"Auch gut.", kopierte sie seine Antwort vorerst, bis sie dennoch anfing von ihrer Arbeit zu erzählen, wie auch mein Vater sich darauffolgend dazu erbarmte.

Nachdem wir alle aufgegessen und aufgeräumt hatten, verkrümelte ich mich in mein Zimmer und begrüßte Hank, mein weißes Frettchen, mit einem Leckerli.

Ich begab mich an die Hausaufgaben, spielte mit Hank, räumte mein Zimmer auf und ließ den Abend, naja das was dann noch davon übrig war, mit meinen Serien, die Montagabends im Fernsehen liefen, ausklingen.

Am nächsten Morgen in der Schule, saßen Liz und Eve, sowie Malia bereits an unserem traditionellen Pausentisch.

Sie waren wie ich, jeden Morgen zu früh in der Schule.

Sie schauten mich seltsam an.

Ich fragte mich, ob Betty ihnen irgendetwas erzählt hatte.

Oder war es vielleicht wegen der Sarah-Cole-Malia-Geschichte.

Ohje, versuchte Malia jetzt alle auf ihre Seite zu ziehen?

Darauf hatte ich am frühen Morgen nun wirklich keine Lust.

Außerdem hatte sie es sich selbst zuzuschreiben. Immerhin hatte sie Cole geküsst und somit das alles angefangen.

Ich log ein Lächeln vor, hob die Hand um den Dreien zuzuwinken und begrüßte sie, als ob nie etwas gewesen wäre.

Doch anstatt zu ihnen zu gehen, ging ich auf die Toilette.

Ich spritzte mir etwas Wasser ins Gesicht.

Das würde ein noch schlimmerer Tag werden als Gestern.

Vom Zickenkrieg würde heute niemand mehr verschont werden.

Plötzlich kam jemand durch die Eingangstür.

Ich sah Betty im Spiegel hinter mir stehen und drehte mich um.

"Guten Morgen.", durchbrach ich die erdrückende Stille.

Sie stürmte zu den Toiletten und kam kurzer Hand wieder zurück, nur um vor mir wieder stehen zu bleiben.

Sie musste nachgeschaut haben, ob jemand anderes hier war.

So wie wir es hätten machen sollen, als wir über Cole, Sarah und Malia gesprochen hatten.

Ich schluckte die Wut herunter, die langsam wieder in mir hoch kroch. Ich hasste es, wenn ich richtig wütend war, gingen alle Emotionen mit mir durch und ich fing vor Wut an zu weinen.

Gott sei Dank, dass es dieses Mal nicht so weit kam und ich den Ärger kontrollieren konnte.

"Was ist los? Wieso haben wir diesen Streit?"

Ich verschränkte meine Arme vor der Brust. Vielleicht gab es ja die geringe Chance, dass sie Rede und Antwort stehen würde.

"Hör zu, ich schreibe mit jemanden, den du magst.", kam sie unmissverständlich auf den Punkt.

"Mit jemanden, den ich mag? Ist das wirklich der Grund, weswegen wir Streit haben?", ich verstand nicht so recht, worauf sie hinauswollte.

Sollte sie doch mit jemanden schreiben, den ich anscheinend mochte. Das würde doch nicht unsere jahrelange Freundschaft zerstören.

Meine Wut war mit einem Mal verschwunden.

"Ich schreibe mit Danny. Wir wollen uns heute treffen.", stellte Betty klar.

Doch anscheinend hatte sie sich gegen einen möglichen Ausbruch meinerseits gewappnet.

Ein kleiner Schock durchfuhr mich, doch ich ließ es mir nicht anmerken. Im Gegensatz zu meiner Mutter, konnte ich Betty etwas vorspielen, ohne dass sie es in Frage stellte.

"Und du....du....denkst...dass...ich...ihn...?!"

Ich spielte ihr ein Lachen vor und machte eine abwegige Handbewegung in ihre Richtung.

"Nein, ich mag ihn doch nicht."

Was wahrscheinlich die größte Lüge war, die ich jemals versuchte mir selbst aufzutischen.

Ich verzog meine Miene nicht. Spielte das alles herunter.

Es war auch die erste Lüge, die ich ihr verkaufte, seit dem Fall mit ihrer Lieblingstasse vor 4 Jahren.

Ich hatte ihr damals erzählt, ihre Katze hätte sie kaputt gemacht. Was natürlich nicht gestimmt hatte.

Die arme Katze hatte drei Tage lang keine Streicheleinheiten von Betty bekommen. Sie hatte mir wirklich sehr leid getan.

Aber nicht so sehr, dass ich ihr die Wahrheit sagen konnte.

Selbst nach all den Jahren, behielt ich es immer noch für mich.

Ich lächelte Betty an.

"Das ist süß, dass ihr euch treffen wollt."

Ich versuchte mich nicht zu verschlucken.

Mit diesen Satz schien sie es mir tatsächlich zu glauben.

Sie umarmte mich stürmisch.

"Dann sind wir wieder Freunde?"

Ich nickte bestätigend.

"Gut, denn ich muss dir soooo viel erzählen."

Sie nahm meine Hand und zog mich aus dem Vorraum der Toilette heraus. Rein in das Getümmel der Schüler, die mittlerweile in Massen angekommen waren.

Ich war innerlich zerrüttet.

Meine beste Freundin würde den Jungen treffen, den ich mochte.

Ein passendes Thema für ein verrücktes Teenie-Drama.

Doch ich schluckte es herunter.

Wie ich alles herunter schluckte, um jeden Streit zu vermeiden und jede Freundschaft zu erhalten.

Ich würde nicht eine Freundschaft wegen eines Typen zerstören.

Also nahm ich mich zurück und lauschte Bettys Schwärmerei.

Gründe gegen die Liebe:

9. **Peinlichkeiten vor bestimmten Personen bleiben dir erspart.**

10. **Ein Streit mit deiner besten Freundin entfällt.**

11. **Du verzichtest aus Liebe zu einem Menschen auf deine eigene Liebe.**

4. Liz

Selbst im Getümmel der Schüler konnte ich Fina und Bettina erkennen.

Wie immer quatschte Bettina aufgeregt über irgendetwas und Fina hörte zu. Doch es dauerte nicht lange, bis Fina wohl einen Kommentar abgab und die beiden in Richtung Elli und Sarah gingen, die sich drei Tische von uns entfernt hingesetzt hatten.

Malia hatte Recht.

Sie waren alle nicht einsichtig.

Besonders Sarah nicht.

Laut Malia hatten Sarah und Cole sich bereits vor einer Woche getrennt und davor wochenlang nur noch gestritten. Sie sollte sich nicht so anstellen, nur weil er jetzt eine andere hatte.

Sie sollte sich glücklich schätzen.

Immerhin hatte ihre Beziehung nicht gerade gesund ausgesehen.

"Betty konnte mich noch nie leiden."

Malia thronte am Kopfende des Tisches. Auch sie hatte die andere Hälfte unserer eigentlichen Freunden beäugt.

"Finchen ist hingegen leider ein Kollateralschaden."

Sie wickelte eine schwarze Haarsträhne um ihren Zeigefinger.

"Ich weiß nicht.", meldete sich Eve zu Wort.

"Können wir nicht einfach mit all dem aufhören und wieder Freunde sein?"

Eve hatte ihren Leichtsinn nicht so recht bedacht. Denn Malia nahm mittlerweile alles persönlich. Es war ihr nicht zu verdenken, sie, und naja wir auch, hatten gerade den Großteil unserer Freunde verloren und befanden uns im Streit.

"Denkst du etwa, ich bin das alles Schuld?!"

Malia machte eine weite Geste, um ihren Satz zu dramatisieren.

"Ich bin das Opfer hier! Betty und Fina haben Sarah gegen mich aufgesetzt, welche natürlich Elli auf ihre Seite gezogen hat. Geh doch da rüber, wenn du nicht bei uns sein möchtest."

"So war das doch gar nicht gemeint.", entschuldigend hob Eve die Arme.

Sie schaute Malia mit ihren Hundeblick an.

"Ich mag bloß nicht, was es für Ausmaße annimmt."

Malia schnaufte und drehte sich wieder weg. Sie entgegnete nichts mehr und war nur Sekunden danach schon weg, als sie Cole in der Masse erblickte.

Sie begrüßte ihn provokant mit einem sehr langem Kuss vor den Augen Sarahs.

Hätten Blicke töten können, so hätten die beiden auf der Stelle ins Gras gebissen.

"Irgendetwas stimmt hier nicht.", gab ich meinen Unmut zu bedenken.

"Naja, unsere Freunde können uns im Moment nicht besonders gut leiden.", erklärte Eve.

Ich schaute sie an.

Sie sah aus wie immer. Blonde kurze Haare, große grüne Augen, wie auch ihr tägliches Outfit von einer Jeans und einem Shirt mit Aufdruck. Wovon sie Unmengen in ihren übervollem Schrank hatte.

Doch selbst an ihr hing etwas geheimnisvolles in diesen Tagen.

Sie verhielt sich seltsam.

So verkniffen.

Verschlossen.

"Das meine ich nicht. Hier ist etwas im Busch. Meine Mutter hat gestern Elli`s Mom im Supermarkt getroffen. Sie hat sich wohl lautstark mit einem Mann gestritten und außerdem so viel Alkohol im Wagen gehabt, als würde sie eine ganze Hausparty geben wollen. Und Elli verhält sich so seltsam mit ihren Gründen-gegen-die-Liebe. Irgendwie stürzt die ganze Familie ab."

Ich streifte mir durchs Haar.

Eve seufzte.

"Ich denke nicht, dass das uns etwas angeht."

Sie verkniff ihr Gesicht.

Ich schaute sie durchdringend an.

"Sie sind unsere Freunde. Immer noch, trotz der Streitigkeiten. Es geht uns sehr wohl was an. Und ich werde herauszufinden, was dahinter steckt."

Bestimmt nahm ich meine Schulsachen und trat den kurzen

Weg zum Bioraum an.

Ich ging die Ypsilon-Treppe hinauf, welche sich in Mitten des Foyers befand.

Es gab zwei verschiedene Treppenabschnitte, die in jeweils der entgegengesetzten Pausentische gerichtet waren. Auf halber Höhe führten sie zusammen und aus den beiden Abschnitten wurde eine weitere Treppe, die in das 1. Geschoss der Schule führte. Ging man noch ein paar wenige Schritte weiter geradeaus, befand man sich direkt vor den Bioräumen.

Ich schritt die Treppe hinauf, bis ich plötzlich auf halber Höhe meinen Namen und Gelächter hörte.

"Liz!"

Das war die Chaostruppe, wie wir sie nannten.

Bestehend aus drei Jungs unserer Stufe, die weder Eve noch ich leiden konnten.

Unsere Gründe dafür, war ja ziemlich offensichtlich, ihre ständigen Mobbingattacken, Tratscherei und Gerüchteverbreitung. Ganz zu schweigen davon, dass ich bereits beim Anblick des Blonden mit dem Überbiss Aggressionsprobleme bekommen konnte.

"Na? Hat #HellAidenYeah dir schon geantwortet?"

Der brünette Lockenkopf legte seinen Kopf in den Nacken, während er lachte.

Er hatte eine besonders theatralische Geste bei dem Youtube-Usernamen gemacht.

Ich war mir sicher, er hatte es bloß auf mich abgesehen, weil ich ihm vor einiger Zeit nicht meine Nummer gegeben hatte.

Selbst als er mich noch nicht gemobbt hatte, konnte ich ihn schon nicht leiden.

Nicht alleine weil er ER war, sondern weil er Eve und all meine Freunde so mies behandelte. Und wer etwas gegen meine Freunde hatte, hatte auch etwas gegen mich.

Weswegen er für mich bereits Geschichte war.

Ich drehte mich wieder um und ging die Treppe weiter hinauf, ohne eine Miene zu verziehen. So hoffte ich zumindest, würden sie irgendwann aufgeben.

Außerdem verdienten diese Trottel meine Aufmerksamkeit nicht im Geringsten.

Doch ich war kaum einen Schritt gegangen, da wurde ich von lauten Rufen unten im Foyer wieder aufgehalten.

Selbst die Chaostruppe war zum Fuß der Treppe zurück gelaufen um das Geschehen nicht zu verpassen.

"Du hast sie gar nicht verdient!", dröhnte es vom Foyer zur Treppe hinauf.

Das war Luke, Eves Zwillingsbruder.

Ich rannte zur unteren Treppe hinunter und blieb halb auf ihr stehen..

Lukes Faust war erhoben. Er hatte einen Schritt zurück gemacht.

Cole hielt sich die Hand vor seine Nase.

Er blutete.

Luke musste ihm eine verpasst haben.

Aus dem Augenwinkel sah ich einen Lehrer herbeieilen. Herr Dr. Genau, ein Sportlehrer unserer Schule.

"Luke Fural, Cole Zinn! Sofort zum Direktor!"

Er schirmte die beiden vor den neugierigen Blicken ab und führte sie zu der Treppe an den Kunsträumen.

Ich sah Eve den dreien nachrennen.

Ich drehte mich um und stieg die Treppe wieder hinauf.

Helfen konnte ich sowieso niemanden.

Ich hätte nie gedacht, dass Luke so etwas tun würde.

Natürlich war mir schon länger klar gewesen, dass er in Sarah verliebt war.

Aber das? Er war normalerweise immer so ruhig.

Da konnte man sehen, was es aus einem machte, die rosa-rote Brille aufzuhaben.

An den Bioräumen angekommen, sah ich Elli vor dem verschlossenen Raum stehen.

Ich quetschte mich an den anderen Schülern vorbei.

"Bestell Aiden schöne Grüße von mir!"

Ich drehte mich erst gar nicht um. Ich tat einfach so, als hätte ich es nicht gehört. Mich kümmerte es nicht, was die von mir dachten.

Was war denn schon so schlimm daran einen Youtubeaccount zu haben?

Was war denn schon so schlimm daran zu versuchen, mit dem unglaublich tollen Youtuber wie *#HellAidenYeah* in Kontakt zu treten?

Anderssein musste doch nicht schlecht sein!

Wieso gab es bloß so viele Menschen, die solche Besonderheiten nicht verstanden oder duldeten?

Immerhin hatte ich eine gewisse Individualität, was die Chaostruppe nun mal nicht vorweisen konnte. Mir kamen sie nämlich alle ziemlich gleich vor.

Ich würde niemals verändern, wer ich war.

Denn ich war stolz darauf, zu sein, wer ich war.

Außerdem waren alle anderen bloß neidisch, weil sie nicht den Mut dazu hatten, das zu tun, was ich tat.

Mein Biolehrer rauschte plötzlich an mir vorbei als würde er von einem Schwarm Bienen verfolgt werden.

Er erreichte die verschlossene Tür lange bevor ich Elli, die neben dieser stand, erreichen konnte.

Herr Knowhow schloss hastig die Tür auf und schlüpfte schnell hindurch, um den Andrang seiner Schüler zu entkommen.

Vielleicht hatte er Angst davor platt getrampelt zu werden.

Aber er war einfach schon immer seltsam gewesen.

Wer wusste da denn schon, was ihm im Kopf herum schwirrte?

Elli war eine der Ersten, die den Raum nach ihm betraten.

Auch ich fügte mich in die Masse ein und quetschte mich durch die nun offene Tür.

Der Bioraum war wie ein kleiner Hörsaal aufgebaut.

Es gab drei Stufen auf denen die Sitzreihen verteilt waren.

Die hinterste war die Höchste, so dass jeder alles sehen konnte, was der Lehrer vorführte.

Sofern denn ein interessantes Experiment vorgeführt wurde.

Ich erspähte Elli in der ersten Reihe und setzte mich neben sie, obwohl es nicht wirklich mein Sitzplatz laut des Sitzplans war.

Doch selbst Herr Knowhow interessierte sich nicht für so etwas.

"Hallo Elli.", begrüßte ich sie eher nebensächlich.

Sie murmelte mir irgendetwas als Antwort entgegen, was wahrscheinlich ein -Hi- bedeuten sollte. Jedenfalls nahm ich es als ein solches.

Widerwillig kramte ich meine Biounterlagen heraus. Auf eine Doppelstunde Biologie bei diesem Lehrer hatte ich so gar keine Lust.

Ich lehnte mich zurück in den Holzstuhl, der am Tisch hinter mir verankert war, und beobachtete die Schüler, die bereits etwas zu spät den Raum betraten.

Sie kamen alle lächelnd herein. Begrüßten lautstark ihre Freunde und fingen meist auch einen lauten Tratsch an.

Es ertönte plötzlich lautstark *Cake by the ocean* von *DNCE*. Im ersten Moment dachte ich, jemand hätte das Lied absichtlich abgespielt, doch dann sah ich, wie ein hochgewachsener Junge mit einem blonden Kurzhaarschnitt sein Handy an sein Ohr hielt und einen Anruf entgegennahm. Das Lied, was diese Jahr wahrscheinlich noch zum Sommerhit werden würde, stoppte abrupt.

Sie waren sich alle keiner Schuld bewusst.

Was drohte ihnen denn schon?

Herr Knowhow würde sowieso nichts gegen sie unternehmen. Ganz zu schweigen davon, dass niemand ihn als Autoritätsperson betrachtete.

Doch im Vergleich zu anderen Tagen dauerte es heute nicht besonders lange, bis sich auch die letzten Schüler erbarmten und zum Unterricht kamen.

Wie immer brauchte mein Biolehrer fast fünf Anläufe, um die Klasse ruhig zu stellen, bis er seinen Unterricht beginnen konnte.

Ich schlug das Biobuch alibimäßig auf Seite 150 auf, wie er es angewiesen hatte und versuchte seinen verwirrenden Redefluss zu folgen und alles wichtige herauszufiltern. Was wahrscheinlich bloß 30 % seines Geschwafels waren.

Doch es dauerte nicht lange, bis ich wieder abschweifte und über seine Kautzähnlichen Augenbrauen rätselte, die er sich vor einigen Jahren bei einem Chemieexperiment abgefackelt hatte.

Ein Wunder, dass sie überhaupt nachgewachsen waren.

Allerdings war ich mir nicht sicher, ob es vielleicht sogar das kleinere Übel gewesen wäre, wenn sie es nicht getan hätten.

"Liz? Ich habe dich etwas gefragt."

Knowhow hatte sich mit seinem Bierbauch vor mir aufgebaut.

Verdammt! Elli musste ja auch immer die erste Reihe nehmen!

Ich setzte mich aufrecht hin und spinkste kurz auf die Überschriften der aufgeschlagenen Seite.

Der Walz und *Survival of the Fittest* prangten in großen Buchstaben auf dem Papier.

"Nun....die Antwort ist doch ganz offensichtlich.", spielte ich mich auf.

"Dann erleuchte uns doch Liz.", kam es von zwei Reihen hinter mir.

Die Chaostruppe verpasste wirklich keinen einzigen Augenblick sich zu Wort zu melden.

"Keine Sorge. Du bist auch gleich dran, Kyle."

Knowhow senkte seinen Blick wieder von der oberen Reihe zu mir herab und wartete immer noch auf meine Antwort.

"Der Walz.....er spielt eine ganz besondere Rolle bei der...hm... Fortpflanzung der Tiere und somit auch für die Vererbung der stärksten und nützlichsten Gene. Wobei wir wieder bei dem Thema *Survival of the Fittest* wären."

Ich starrte ihn hochnäsig an und hoffte inständig, dass in meinem Geplänkel ein kleines Fünkchen Sinn steckte.

Knowhow runzelte seine Stirn. Er dachte wahrscheinlich kurz

über meine Antwort nach. Manchmal ließ er sich so lange dabei Zeit, dass man sich nicht mehr wirklich sicher war, ob er wirklich einem zugehört hatte und es auch tatsächlich verstand.

"Womit wir wieder beim Ende der letzten Stunde wären. Richtig, Liz."

Sein Gesicht verzog sich zu einem Lächeln, während seine Kauz-Augenbrauen kurz einen Satz nach oben machten.

Mein Biolehrer trat ein paar Schritte zurück und ging schließlich wieder zu dem großem Pult, das eher als Experimententisch fungierte.

Ehrlich betrachtet, sah der Tisch allerdings wie eine Kücheninsel aus. Nur ohne Küche. Als hätte man diese einfach vergessen mit einzubauen.

Ich atmete erleichtert aus.

Knohows Aufmerksamkeit galt nun der Chaostruppe. Die jetzt wahrscheinlich noch mehr Fragen zur letzten Stunde beantworten mussten, bevor der Unterricht endlich mit neuen Themen weitergeführt werden würde.

Ich hatte irgendwie nicht gedacht, dass meine Aussage auch nur ansatzweise das war, was der Lehrer hatte hören wollen.

Dieses Mal musste ich wohl einfach nur Glück gehabt haben.

Ich schaute auf meine Armbanduhr.

Erst 10 Minuten waren verstrichen.

Es hatte sich so viel länger angefühlt.

Ich schaute zu Elli herüber.

Sie schrieb irgendetwas auf. Ich konnte nicht genau sehen, was es war, denn sie hatte ihren Arm quer darüber gelegt.

Doch mit jedem neuen Schriftzug glitt ihr linker Arm hoch und anschließend wieder herunter. So, dass ich einzelne Worte erkennen konnte.

-Gründe -

-nicht -

-1. Grund -

-Peinlichkeiten -

-verzichtest -

-Liebe -

Mit einem Mal wurde mir klar, was sie dort aufschrieb.

Die Gründe.

Die Gründe, um die sie gebeten hatte.

Sie hatte schon einige zusammen. Und sie schrieb immer weiter.

Ich atmete verständnislos aus.

Doch sie rührte sich nicht. Verzog keine Miene. Schien mich nicht einmal zu bemerken.

Sie schwebte in ihrer eigenen kleinen Welt.

Vielleicht sollte man sie besser auf den Boden der Tatsachen zurück holen. Bevor sie nachher noch mehr Leute mit ihrem Drama terrorisierte.

"Was zum Teufel ist los mit dir, Elli?", flüsterte ich ihr zu.

Elli hob ihren Kopf und starrte mich an. Fast so, als könnte sie es nicht fassen, dass ich sie gerade wirklich angesprochen hatte.

Sie starrte mich in Grund und Boden. Ich dachte schon, sie würde mir gar keine richtige Antwort mehr geben.

"Das..." , ihr ärgerlicher Blick verstärkte sich beim ersten Wort.

"...geht dich, Liz, überhaupt nichts an!", sagte sie ruhig aber bestimmend, ihre Augen so durchdringend wie die einer Raubkatze.

Sie drehte sich schließlich wieder um und widmete sich ihren Gründen.

Ich hatte eigentlich gedacht, dass sie emotional werden würde. Auf die ein oder andere Art. Wie sie es sonst immer wegen allen Dingen war.

Aber mit einer ruhigen Elli hatte ich nicht gerechnet.

Womöglich wollte sie keinen emotional gesteuerten Streit anfangen. In dem sie nachher noch etwas falsches sagte oder etwas preis gab, was sie nicht hatte preisgeben wollen. Worauf ich hingegen gehofft hatte.

Doch ich ließ mich nicht so einfach abwimmeln. Ich blieb ebenso hart und gelassen. Versuchte sie mit ihren eigenen Waffen zu schlagen, um aus ihr herauszubekommen, was hier vor sich ging.

Zudem ging die Sache mich zurecht was an!

Immerhin war sie noch immer meine Freundin.

Ich konnte nicht einfach bloß tatenlos zusehen, wie ihr Leben zerstört wurde oder sie die der anderen zerstörte.

"Du bist meine Freundin. Es geht mich sehr wohl was an.", stellte ich klar.

Doch ich schien es noch nicht mal wert zu sein, dass sie sich erneut umdrehte.

"Lass mich einfach in Ruhe.", murmelte sie über ihr beschriebenes Blatt hinweg.

"Lass mich dir doch helfen. Man kann alles wieder richten. Nichts ist so schlimm, dass die Welt davon untergeht!"

Ich schielte nach vorne, wo der Biolehrer - *Seite 152* - gerade an die Tafel schrieb. Ich blätterte im Buch vorsichtshalber eine Seite weiter. Vielleicht würde es mich ja erneut retten, falls ich wieder eine Frage beantworten musste.

"Tja...", Elli holte tief Luft.

"....Dann hast du noch nichts schlimmes erlebt."

Sie starrte immer noch auf ihr Blatt. Ihre Stimme, wie zuvor, ruhig. Doch diesmal schwang ein wenig Trauer mit.

"Du hast keine Ahnung, was ich schon alles durchlebt habe!", fuhr ich sie wütend an.

Es ärgerte mich, dass sie sich immer als wichtiger empfand als alle anderen.

Als diejenige, die immer das Schlimmste durchlebte.

Ich hatte auch schon viele geliebte Menschen verloren! Dennoch hatte ich mich keinesfalls wie sie aufgeführt.

Und jetzt besaß sie auch noch die Frechheit mir zu sagen, dass ich noch nie so etwas Schlimmes wie sie durchlebt hatte?!

Ich hatte nur versucht ihr zu helfen, doch anstatt das anzunehmen, beleidigte sie mich einfach.

Jetzt sah ich rot.

"Ich habe schon schlimmere Sachen als DU durchlebt. Wenigstens leben deine Großeltern noch. Meine nämlich nicht mehr. Jedenfalls wollte ich dir nur sagen, dass meine Mom deine Mutter im Supermarkt mit einem Einkaufswagen voller Alkohol gesehen hat. Sofern ihr keine Party gebt, würde ich an deiner Stelle aufpassen, dass Alkoholsucht nicht in der Familie liegt!"

Ich nahm meine Biosachen und die Schultasche stand auf und ging aus der Sitzreihe in Richtung der Tür. Ich spürte, wie alle ihre Blicke auf mich richteten.

"Mir geht's nicht so gut.", entschuldigte ich mich bei Knowhow und verließ den Unterrichtsraum, bevor er irgendetwas entgegnen konnte.

Ich flüchtete zu den Pausentischen und setzte mich an einen. Anschließend packte ich meine Biosachen endlich in die Schultasche und versuchte mich etwas abzuregen.

Sofern das möglich war.

Ich hasste es, wenn man mich, meine Vergangenheit, meinen Schmerz oder das Leid, was ich bereits ertragen musste, in Frage stellte.

Sie wusste doch nicht mal, was ich schon alles erlebt hatte.

Hatte ICH meine Freunde da rein gezogen?

Ganz sicher nicht!

Ich war jeden Tag mit einem Lächeln zur Schule gekommen.

Hatte alles andere für die Zeit des Unterrichts einfach übermalt.

Ich war niemanden zur Last gefallen.

Plötzlich berührte mich eine Hand von hinten. Ich fuhr zusammen. Hätte beinahe einen kleinen Schrei ausgestoßen.

Es war bloß Eve.

Sie hatte mich zu Tode erschreckt.

"Mach das ja nie wieder!", fuhr ich sie erbost an.

Es tat mir im selben Moment leid. Ich war so in Rage, dass ich es nun an Eve ausließ.

Sie hob beschwichtigend die Hände.

"Sorry."

Sie setzte sich zu mir. Auch ihr sonst so strahlendes Lächeln wirkte gekränkt.

Ich erinnerte mich an das Geschehen, das vor der Stunde vorgefallen war.

Luke hatte Cole angegriffen.

"Luke?", fragte ich sie in dem Wissen, dass meine beste Freundin den Rest meiner Frage selber zu Ende führte.

"Er wartet im Sekretariat auf unsere Eltern. Er bekommt zuhause wahrscheinlich Hausarrest."

76

Sie starrte mich an, als hätte ich was im Gesicht.

"Alles gut bei dir?"

Ich legte meine Hand auf ihren Arm. Ich hatte das Gefühl, dass sie mir etwas sagen wollte.

Sie legte ihre Hand auf meine und fing wieder an zu lächeln.

Sie schaute sich einmal um, ob wir auch wirklich im Foyer alleine waren.

"Liz.....", sie holte tief Luft.

"Ich muss dir was sagen."

Eve senkte ihren Blick und schien nach den richtigen Worten zu suchen.

Sie tätschelte liebevoll meine Hand.

"Ich.....ich hab dich lieb."

Ich sah sie irritiert an. Wieso wurden alle heute bloß so emotional?

"Eve, ich hab dich doch auch lieb. Ich bin immer für dich da, egal ob gerade etwas passiert ist oder nicht.", machte ich ihr deutlich.

Keine Ahnung, ob sie plötzlich Verlustängste entwickelt hatte.

Vielleicht war es eine dieser Situationen, in der man den Menschen, die man mochte einfach nur sagen wollte, wie viel sie einem bedeuteten.

Ich zog meine Hand zurück und kramte gedankenlos in meiner Tasche.

Ich wollte nur noch, dass der Tag endlich ein Ende fand.

Nur blöd, dass noch nicht einmal die erste Schulstunde zu ende war.

Gründe gegen die Liebe:

12. **Liebe verändert einen. Nicht immer zum Guten.**
13. **Deine wahre Liebe ist unnahbar. (Verdammte Mediensucht)**

5. Eve

Ich glaubte nicht, was ich gerade getan hatte.

Ich hatte Liz alles sagen wollen.

Ich hatte ihr ja auch gewissermaßen alles gebeichtet, nur hatte sie es einfach nicht verstanden. Wahrscheinlich nicht wahr haben wollen.

Weil sie nicht das **Gleiche** für mich empfand.

Ich hätte beinahe alles zerstört.

Unsere gesamte Freundschaft.

Wie würde sie mich bloß noch anschauen können, wenn sie es wirklich verstanden hätte?

Vielleicht war es Glück.

Vielleicht ein Wink des Schicksals, dass ich nicht die richtigen Worte gefunden hatte.

Es sollte wohl so sein.

Dennoch hoffte ich, sie würde es eines Tages verstehen.

Dann könnte ich endlich ehrlich sein.

Endlich Ich selbst sein.

"Eve?"

Hinter meinen Eltern war gerade die Eingangstür zugefallen, als meine Mutter mich auch schon erspäht hatte.

"Eve! Was hat dein Bruder angestellt?"

Sie kam irritiert auf mich zu.

Ich warf Liz einen unserer vielsagenden Blicke zu und ging anschließend meiner Mutter entgegen.

Auch mein Vater schien über das, was vorgefallen war, relativ verwirrt zu sein.

Ich konnte es ihnen nicht verdenken. Ich hatte immerhin mitangehört, was die Damen aus dem Sekretariat meinen Eltern am Telefon erzählt hatten.

Es hieß:

-Ein Zwischenfall wäre passiert.-

-Ihr Sohn hat ein aggressives Verhalten an den Tag gelegt.-

-Ein Schulverweis wäre denkbar.-

-Bitte sofort antreten!-.

Hätte ich nicht mitbekommen, was vorgefallen war, wäre ich nun genauso verwirrt gewesen. Allerdings konnten die beiden Sekretärinnen die Geschehnisse in der Schule auch sehr gut dramatisieren.

Das wäre schließlich nicht das erste Mal gewesen.

Einmal dachte ein Vater, sein Sohn hätte ein Auge verloren, weil dieser aus Versehen von einem Schneeball mit versteckten Steinen getroffen worden war. Letztendlich hatte er bloß einen kleinen Riss in der Hornhaut gehabt.

Es gab sogar eine Mutter, die einen Nervenzusammenbruch am Telefon bekommen hatte, weil ihr erzählt wurde, dass ihr Kind sehr schlimm auf den Kopf gefallen war. Da hatte eine der Sekretärinnen eine sehr kleine Platzwunde auf der Stirn beschreiben wollen.

Ich musste zugeben, ich hätte nicht anders reagiert.

Immerhin brachten die beiden Damen es fertig, jeden Elternteil, der kommen sollte, rechtzeitig und in Windeseile herbei zu bestellen.

Vielleicht war das ja wirklich ihre Masche und sie waren doch eigentlich ganz schlau, aber so genau wusste das keiner hier.

Ich schaute meine Eltern an.

"Wollt ihr die positive oder die negative Variante hören?", scherzte ich und versuchte noch immer das Beste aus der Situation zu machen.

"Positive."

Meine Mutter atmete erleichternd aus und zwinkerte mir zu.

Ich schien ihr wohl Hoffnungen zu machen, dass es gar nicht so gravierend sein konnte.

"Wie wäre es mit beiden?"

Mein Vater kniff die Augen zusammen. Er schien nicht gerade begeistert.

Womöglich wollte er nur wissen, was von dem Gerede nun wahr war und was nicht.

Ich atmete tief ein und überlegte mir meine Antwort. Ich musste die Wahrheit sagen, sie würden es sowieso erfahren. Zum anderen wollte ich meinem Bruder aber nicht allzu sehr ins Fleisch schneiden.

Er hatte jetzt schon genug Probleme.

"Luke hat gewissermaßen die....Ehre....einer meiner Freundinnen verteidigt.", fing ich an.

"Und was hat er wirklich gemacht?", bohrte mein Vater weiter.

"Oh je."

Meine Mutter schlug die Hände über den Kopf. Sie schien zu ahnen, was er getan hatte.

"Er hat gewissermaßen jemanden geschlagen. Der es aber auch echt verdient hatte.", gab ich zu.

"Was hat er?!"

Mein Vater fuhr sich ungläubig mit der Hand durchs Gesicht.

"Du meine Güte."

Meine Mutter verschränkte derweil ihre Arme vor der Brust. Sie hob die Hand in Richtung der Treppe.

"Bring uns...bring uns bitte einfach zum Sekretariat."

Ich nickte meinen Eltern zu und tat wie mir geheißen.

Ich führte die beiden die nächstgelegene Treppe hinauf, die aussah, als wäre diese ein V mit einem gemeinsamen Stängel, also mit zwei Treppenaufgängen an zwei verschiedenen Seiten, die auf halber Höhe zusammen kamen und anschließend in den ersten Stock führten.

Die meisten nannten sie die Y-Treppe. Was wahrscheinlich einfacher zu beschreiben war. Doch ich fand nicht wirklich, dass es aussah wie ein Y. Eher wie ein V mit einem seltsamen Stängel.

Ich lotste meine Eltern vorbei an den Bioräumen und den

Klassenzimmern, aus denen ab und zu wilde Geräusche ertönte, obwohl Unterricht war. So einige Lehrer hatten ihre Schüler hier nicht unter Kontrolle.

Nachdem wir auch vereinzelt Schülern begegneten, die aus der Klasse für ein paar Minuten raus geschmissen worden waren, gelangten wir ins Herz der Schule. Wo sich der Flur zum Sekretariat, den Lehrerzimmern und dem Büro des Direktors hinter einer dicken Brandschutztür, die nebenbei auch sehr gut den ganzen Lärm dämpfte, befand.

Ich zog die Tür auf und begleitete meine Eltern die letzten Schritte zum Sekretariat.

Dort angekommen, saß mein Bruder bereits auf einen der drei Wartestühle, die sich im Flur davor befanden.

Schräg ihm gegenüber befand sich das Direktorbüro, aus dem ein wildes Stimmengewirr ertönte.

Luke starrte in seine Hände.

Seine etwas zu langen Haare fielen ihm seitlich über die Augen. Sodass man diese von meinem Standpunkt aus nicht sehen konnte.

Meine Eltern wollten gerade auf meinen Bruder zueilen. Sie hatten sich etwa 2 Meter vor ihm aufgebaut, während er erst jetzt bemerkte, dass sie da waren.

Er hatte seinen besten Hundeblick aufgesetzt. Dennoch konnte ich keine Reue für seine Tat erkennen. Was meinen Vater wahrscheinlich heute noch zur Weißglut bringen würde.

Doch in dem Moment, wo meine Eltern auf ihn zu gehen wollten, ging die Tür zum Direktor auf.

Eine ältere Blondine stackselte wütend auf ihren rosafarbenen Pumps heraus. Sie trug einen knallroten Lippenstift und eine kurze Dauerwelle, dahinter erschien Cole.

Ich vermutete, dass die Dame seine Oma war.

Zumindest war sie zu alt um seine Mutter sein zu können.

"Das kann ja nicht wahr sein! Sie müssen auf all ihre Schüler aufpassen! Das darf doch nicht passieren!", regte sie sich mit ihrer piepsigen Stimme auf.

"Wenn Sie die totale Überwachung wollen, sollten Sie ihn aufs Internat schicken."

Der Direktor schlug wütend die Tür hinter sich zu. Nicht gerade die schlauste Art ein Gespräch mit einer Erziehungsperson zu beenden.

Coles Oma brodelte vor Wut.

"Ich werde Sie zur Niete machen! Ich werde jedem erzählen, wie schlecht Sie diese Schule leiten!", brüllte sie die verschlossene Tür an, während Cole so aussah, als würde er am liebsten im Boden versinken.

Ich war mir sicher, der Schulleiter hatte es gehört. Doch er war bestimmt einfach froh sie abgewimmelt zu haben. Egal, ob es seinem Ruf schädigen würde. Sofern er denn einen hatte.

Die blonde Furie drehte sich meinen Eltern zu.

Sie schaute erst Luke an und dann wieder die beiden.

"Und Sie...!"

Sie zeigte mit ihrem Finger auf meine Eltern.

"Schämen Sie sich! Sie sollten ihren Sohn mal erziehen!"

Die blonde Furie packte Cole am Arm und zog ihn hinter sich her. Er hatte mittlerweile einen sehr großen blauen Fleck um eines seiner Augen.

Luke hatte ihn gründlich erwischt.

Meine Eltern gaben ihr keine Antwort, sie wollten sich nicht auf ihr Niveau herab begeben. Doch ich empfand es zutiefst als Beleidigung. Also entgegnete ich ihr rasch etwas, während sie sich an uns vorbei quetschte.

"Und Sie sollten ihren Enkel mal beibringen, dass man die feste Freundin nicht betrügt!", entgegnete ich ihr mit fester Stimme ohne laut zu werden.

Sie blieb abrupt hinter uns stehen.

Realisierte, was ich gerade gesagt hatte.

Coles Augen weiteten sich.

Ich bereute kurz etwas gesagt zu haben, wahrscheinlich hatte ich einen Tsunami los getreten.

Sie drehte sich zu mir um und schaute von mir zu Cole.

"Was hast du der lieben Sarah angetan?", fragte sie wütend ihren Enkel.

Doch bevor dieser antworten konnte, hatte er sich auch schon zwei Hiebe auf den Hinterkopf verdient.

Ohne ein weiteres Wort zog sie ihn am Ohr aus dem Flur.

Ich konnte noch kurz Coles Stammeln hören. Er schien allerdings nichts gescheites heraus zu bringen.

Ich fing an zu grinsen.

Ich musste zugeben, ich war stolz auf mich. Rache fühlte sich gut an.

Ich schaute mich um. Meine Mutter grinste mich an. Mit meiner Erziehung schien sie wohl durchaus zufrieden zu sein.

Mein Vater war bereits im Sekretariat verschwunden. Nur um kurzerhand wieder herauszukommen und an der Tür des Direktors zu klopfen.

Meine Mutter schloss zu ihm auf. Ich setzte mich hingegen neben meinen Bruder.

Er hatte ein verschmitztes Lächeln drauf. In dem Wissen, dass Coles Tag ruiniert war.

Die Tür vor meinen Eltern ging erst einen Spalt breit auf.

Wahrscheinlich wollte sich der Schulleiter darüber im Klaren sein, dass nicht wieder Coles Großmutter davor stand. Denn mit einem Mal schwang die Tür gänzlich auf und meine Eltern wurden herein gebeten.

Die Tür schloss sich wieder hinter ihnen.

Auch wenn die Wand und die Tür nicht besonders dick waren, konnte ich trotzdem leider nichts verstehen.

Also saß ich bloß ruhig neben meinem Bruder.

Mit der linken Hand hielt er ein Kühlakku auf den Handrücken der rechten.

Sie war leicht angeschwollen von dem harten Schlag. Er musste Schmerzen haben.

"Das war es wert.", sagte er, als würde er meine Gedanken lesen können.

"Egal was jetzt passiert. Er hatte es verdient, für das was er ihr angetan hat."

"Das hat er alle Mal!", bestätigte ich ihn.

"Ich hoffe seine Oma macht ihm das Leben zur Hölle."

Ich fing an zu lachen.

Ihr Blick, als sie realisiert hatte, was ihr Enkel getan hatte, war einfach unbeschreiblich gewesen. Einmalig.

Luke fing auch kurz an zu lachen, bis ihm etwas ins Gedächtnis schoss.

"Wie geht es Sarah?"

Er schaute mich besorgt an.

"Ich glaube im Moment nicht so gut. Malia hat Streit mit ihr angefangen und ist ganz schön biestig im Moment.", gab ich zu bedenken.

"Aber Elli hilft Sarah. Heute schien es ihr schon etwas besser zu gehen.", sagte ich schnell, bevor Luke sich noch mehr Sorgen um seinen Langzeitschwarm machte.

Er musste schmunzelte.

"Du kannst ruhig runter zu Lizzy gehen.", fing er an mich zu ärgern.

"Ich schaff das hier schon.", versicherte er mir.

Er setzte sich aufrecht und kreuzte die Arme vor der Brust, genau wie unsere Mutter es eben noch getan hatte.

Allerdings versuchte er das Kühlpack mit der unteren Seite seines linken Ellbogens auf seine rechte Hand zu halten.

Er hielt es nicht lange durch und streckte die Arme schließlich wieder nach vorne aus um die verletzte Hand richtig kühlen zu können.

Etwas widerwillig stand ich auf.

Er war zumindest jetzt nicht mehr ganz so betrübt.

Es freute mich, dass ich ihm zumindest etwas helfen konnte.

"Wir sehen uns zuhause, Bruderherz.", neckte ich ihn.

Ich ging den Weg zurück ins Foyer.

Die Flure waren noch immer leer.

Der Unterricht war immer noch im Gange.

Es dürfte jetzt ungefähr die 2. Stunde sein.

Was nicht so alles bereits in den ersten beiden Stunden passieren konnte.

Gefühlt war der Tag schon um. So viel Trubel wie heute hatte ich noch nie in den ersten paar Morgenstunden erlebt.

Ich war nicht gerade scharf darauf, dass der Tag sich weiter so fortzog.

Das würde nicht gut enden.

Als ich die letzten Stufen der Treppe in Foyer hinabstieg, sah ich bereits Malia am Tisch bei Liz stehen.

Malia hatte ihre Sachen auf den Tisch geklatscht, die dadurch auf dem gesamten Pausentisch verbreitet waren.

Wieso auch immer, war ihr Gesicht blutrot angelaufen.

Wahrscheinlich ein Wutanfall über Sarah. Im Moment war das ja ihr Lieblingsthema.

Ich hatte gar keine Lust auf ihren Tratsch und ihre neu erfundenen Probleme. Aber irgendwie musste ich ja an meine Sachen kommen, die auf dem Stuhl neben Liz lagen.

Wieso waren die beiden eigentlich nicht beim Unterricht?

Entfall konnte sie ja kaum gehabt haben, also mussten sie wohl oder übel schwänzen.

Aber es war mir egal.

Malia hielt sich seit neustem für den Mittelpunkt der Welt, des Sonnensystems und gar des ganzen Universums.

Was wirklich sehr sehr nervig war.

Als ich den Tisch beinahe erreicht hatte erblickte Malia mich.

Man sollte meinen, dass ihr Gesicht nicht noch mehr rot anschwellen konnte, doch das tat es.

Es wurde jetzt fast schon Pur-Pur.

Ich musste ihr wohl schreckliche Dinge angetan haben. Wovon ich unfairerweise nicht in Kenntnis gesetzt worden war.

Ich spürte regelrecht die Ruhe vor dem Sturm, während die Luft immer dicker wurde und sich elektrisierte.

Ich hasste Streit.

Malia stemmte die Hände auf ihre Hüfte und machte sich so groß wie möglich neben Liz.

Was nicht besonders viel brachte, da sie immer noch bloß ca. 1,50 m groß war.

"Wie konntest du nur so einen Mist labern?!", fing sie an mich anzuschreien.

Ich erinnerte mich an die Worte meiner Mutter. Sie sagte immer, dass derjenige der laut herumschrie selten der war, der recht hatte. Eher derjenige der im Unrecht war.

Also begab ich mich nicht auf Malias Niveau herunter. Es brachte immerhin doch nichts herumzuschreien.

Unbeeindruckt ging ich zu meinen Sachen und hob sie vom Stuhl auf.

Liz machte keine Anstalten mir gegen Malia zu helfen.

Na super.

So viel zum Rückgrat meiner besten Freundin.

Die Enttäuschung machte sich in mir breit.

Ich konnte ihren Blick nicht lesen.

Es war als wäre sie weit weg. Jemand fremdes, den ich nicht kannte.

Währenddessen starrte mich Malia ungläubig und wahrscheinlich verwirrt über mein Schweigen weiterhin wütend mit ihrem Tomaten-Gesicht an.

Ohne ein Wort drehte ich mich um und machte die ersten Schritte in Richtung des Pausentisches, wo Sarah heute morgen gesessen hatte.

"Warum erzählst du einen Haufen Lügen, dass Cole Sarah mit mir betrogen hätte?!", griff Malia mich weiterhin an.

Es ärgerte mich, dass sie Cole alles zu glauben schien.

Er erzählte so einen Schwachsinn.

Ich drehte mich langsam zu ihr um. Sie wurde noch wütender, weil ich ruhig und gelassen blieb.

Neben den Worten meiner Mutter wollte ich zudem einfach bloß verhindern, dass nicht noch mehr Schüler, die nicht im Unterricht saßen, auf uns aufmerksam werden würden.

"Ich habe keinen Bock mehr auf deine Lügen, Malia. Du kannst dir jemand anderen suchen, den du verarschen kannst. Ich bin raus."

Mit diesen Worten ging ich schnurstracks zum ersten Tisch in der ersten Reihe vor der Treppe.

Ich hoffte inständig, dass Sarah, Elli, Fina oder ja sogar Betty kommen würden. Dann war ich wenigstens nicht mehr allein gegen Malia.

Ich setzte mich mit dem Rücken zu Malia und Liz.

Ich wollte keinen von beiden in meinem Sichtfeld haben.

Liz war einfach sitzen geblieben!?

Ich spürte ihren seltsamen Blick auf meinem Rücken.

Irgendetwas war passiert. Es war alles anders als noch bis vor ein paar Minuten.

Was konnte bloß in so kurzer Zeit passiert sein, das sie mich so außer Acht ließ.

Nicht für mich einstand.

Sie hatte mich im Stich gelassen.

Sie hatte ihre Seite gewählt.

In einem Streit, der sie nicht direkt betraf.

Plötzlich vibrierte mein Handy.

Eine Nachricht wurde an mich gesendet. Ich holte es aus meiner Jackentasche und entsperrte es mit meinem Fingerabdruck.

Liz hatte eine Nachricht an mich gesendet.

Ich wollte sie nicht lesen. Es konnte ja kaum etwas Gutes sein.

Aber letztendlich war meine Neugierde dennoch größer.

Ich öffnete den Text.

Ich kann nicht mehr mit dir befreundet sein.
Mit dem Wissen kann ich dich nicht mehr ansehen.

Ein Stich durchfuhr mich.

Die Worte brachen mir das Herz.

Ich hatte meine beste Freundin gänzlich verloren.

Schlagartig wurde mir klar, weswegen sie das geschrieben haben musste.

Sie musste meine Worte verstanden haben.

Obwohl ich es aus einem Gefühl heraus so falsch ausgedrückt

hatte.

Sie hatte es verstanden!

Oder Malia hatte gelauscht. Was auch immer.

Sie konnte mich nicht ertragen wie ich war. Ich hatte unsere Freundschaft zerstört.

Ich war schuld.

Hatte meine jahrelang beste Freundin verloren.

Ich wischte die Tränen weg, bevor sie mir die Wangen hinunter fließen konnten.

Ich machte keinen Laut.

Trauerte still in mich hinein.

Ich wollte Malia nicht noch mehr Genugtuung verleihen, als sie eh schon verspürte.

Elli hatte Recht gehabt.

Liebe zerstörte.

Und zwar das was man liebte.

Ich packte schnell das Handy weg und kramte einen kleinen Zettel Papier und einen Stift heraus. Ich würde Elli Gründe aufschreiben.

Aber ich würde sie ihr anonym in ihren Rucksack stecken.

Ich wollte nicht noch mehr Freundschaften zerstören, die mir so unglaublich wichtig waren.

Gründe gegen die Liebe:

14. Du verlierst deine beste Freundin.
15. Du kommst nicht in diese schreckliche Situation, wenn Er/Sie dich nicht mag, aber du schon.
16. Liebe zerstört die Personen und Dinge, die dir am Herzen liegen.
17. Manchmal hält die Liebe zu anderen Menschen uns davon ab, derjenigen zu sein, der man wirklich sein möchte.

6. Leo

Ich schlenderte gemächlich den kleinen Parkabschnitt auf dem Weg nach Hause entlang, durch den ich normalerweise mit meinem Fahrrad fahren würde. Blöd nur, das es momentan kaputt war.

So wurde aus den schnellen 15 Minuten Fahrzeit, eine ganze halbe Stunde Fußweg.

Es ärgerte mich, dass dadurch die ganze Planung des Tages verschoben wurde.

Weniger Zeit zum Essen, weniger Zeit für die dummen Hausaufgaben (ja, ich war einer der Wenigen, der die wirklich noch immer machte) und weniger Zeit um mal durchzuschnaufen bis der Sport heute Abend wieder anfing.

Ich hatte heute so gar keine Lust auf Nordic Walking mit meiner Familie im Wald.

Immerhin konnten die sich ja auch mal alleine auf die Meisterschaft im nächsten Sommer vorbereiten. Dafür brauchten sie mich nicht unbedingt.

Allerdings wusste ich, dass sie das anders sehen würden...

Es würde wahrscheinlich ein typischer Spruch kommen wie -Ein Team ist nur so stark wie das schwächste Glied- oder so ähnlich.

Auf die Diskussion hatte ich jetzt auch schon keine Lust.

Theoretisch gesehen trainierte ich ja auch schon auf dem Weg nach Hause. Vielleicht hatte mein Vater deswegen im Moment keine Zeit mein Fahrrad zu reparieren.

Aber ich verwarf den skurrilen Gedanken wieder. Man musste schon sehr paranoid sein, um so etwas wirklich vom eigenen Vater zu denken.

Ich dachte über meinen Tag nach.

Heute hatte ich zwar nur ganze 6 Stunden Unterricht gehabt, aber es kam mir so viel mehr vor.

Es war so viel passiert.

Es hatte sogar eine richtige Prügelei zwischen zwei Typen gegeben. Und das schon vor der 1. Stunde!

Natürlich war ich mal wieder nicht persönlich dabei gewesen, aber der Tratsch hatte sich schneller als ein Lauffeuer verbreitet. Sodass ich es trotzdem im Flur vor meinem Klassenraum mitbekommen hatte, bevor meine Lehrerin für die 1. Stunde die Tür aufschließen konnte.

Es war wohl wegen einem Mädchen passiert.

Irgendjemand hatte irgendjemanden betrogen oder so. Sofern man dem Gerede Glauben schenkten konnte.

Jedenfalls musste es wohl echt schlimm gewesen sein. Sogar die Eltern waren sich wohl an die Gurgel gegangen.

Ein Junge aus meinem Kunstkurs hatte sogar von einem Schulverweis gesprochen.

Und dann war da noch die Sache, die ein paar Mädchen in meinem Jahrgang durchlebten...

Es gab eine größere Gruppe, die sich wohl gespaltet hatte und sich jetzt gegenseitig anfeindete.

Wieso auch immer.

Dann redeten noch viele darüber, dass Liebe schlecht sein würde und sammelten wie verrückt Gründe weshalb es so war.

Ich hatte keine Ahnung, ob das vielleicht sogar die gleichen Mädchen waren. Um ehrlich zu sein wollte ich es aber auch gar nicht wissen.

Ich wollte kein Mitglied eines Zickenkrieges werden.

Ich war einfach froh, dass ich keine Verbindungspunkte mit all den Verrückten hatte. Somit hatte ich zumindest meine Ruhe.

Und meine Ruhe in der Schule war mir sehr wichtig.

Plötzlich hörte ich Hundebellen zu meiner Rechten.

Ich spinkste durch das noch nicht ganz zugewachsene Gestrüpp und schaute auf die andere Seite des kleinen Bachs, neben dem ich parallel herlief

Ein junger beigefarbener Labrador wollte mit dem Hund eines anderen Fußgängers spielen, der ebenfalls an der Leine war.

Die beiden Hundehalter versuchten so gut wie möglich aneinander vorbei zukommen, ohne dass sich ihre Haustiere zu sehr aufregten.

Das Mädchen mit dem Labrador verwendete Hundekekse, damit er sie nicht mitriss um zu dem anderen Hund zu kommen.

Nach ein paar spannenden Sekunden war das Geschehen auch schon wieder vorüber. Da erkannte ich das Mädchen erst.

Sie war aus meiner Schule. Aus demselben Jahrgang wie ich sogar. Aber ich hatte sie bisher nicht oft genug gesehen und leider auch noch keine Kurse mit ihr zusammen gehabt um ihren Namen zu kennen.

Sie hatte langes dunkelblondes Haar, eine Stupsnase und hinreißende, dunkelblaue Augen.

Ich hatte mich noch nie getraut sie anzusprechen. Sie war immer mit ihren Freunden zusammen unterwegs. Noch nie hatte ich sie alleine gesehen.

Bis jetzt.

Ich ging durch das dünne Gestrüpp zu meiner Rechten, hüpfte über den kleinen Bach hinüber, kämpfte mich durch das Gestrüpp auf dieser Seite und kam auf den Weg, wo sie eben noch gestanden hatte.

Der andere Hundehalter starrte mich seltsam und verwirrt über mein Auftauchen an.

Ich drehte mich schnell um und ging dem Mädchen aus meiner Schule hinterher, bevor der Mann etwas sagen konnte. Dennoch hielt ich genügend Abstand zu dem Mädchen um meine nächsten Schritte planen zu können.

Verdammt, wie sollte ich sie bloß ansprechen?!

Ihr - *Hey super hübsche Mitschülerin, deren Namen ich nicht weiß, bleib bitte mal stehen* - hinterher zu rufen wäre ein wenig seltsam.

Fast schon ein bisschen stalkerhaft.

Bei einem – *Hey* - würde sie sich wahrscheinlich gar nicht angesprochen fühlen und ich würde wie ein Idiot dastehen.

Ich dachte kurz darüber nach, jemanden zu engagieren, der ihr zu nah kommen würde, damit ich ihr - *Retter in der Not* - sein konnte.

Doch ich verwarf den Gedanken schnell wieder, denn:

1. Sie hatte einen großen Hund dabei, der wahrscheinlich einen Beschützerinstinkt besaß, was nicht gerade besonders gut enden könnte.

2. Wer wusste denn schon, was sie für einen Sport machte. Vielleicht war sie ja auch Karate-Champion und das würde auch nicht zum erhofften Ergebnis führen.

Und

3. Wem konnte ich denn schon mit meiner Spargelfigur ernsthaft Angst einflößen?!

Was dazu führte, dass ich ihr einfach weiterhin wortlos hinterher lief.

Natürlich weiterhin mit einem kleinen sicheren Abstand, falls sie sich umdrehen würde.

Dennoch kam ich mir mittlerweile selbst ein wenig wie ein Stalker vor.

Wir gingen über eine kleine Brücke, die über den Bach führte, über den ich zuvor etwas weiter hinter uns gesprungen war.

Hinter der Brücke gelangten wir auf eine grasgrüne Wiese.

Links war die Wiese durch den Zaun einer Militäranlage abgegrenzt und rechts durch eine Abzweigung des Baches, der parallel zum Weg weiter geradeaus verlief.

Das hübsche Mädchen machte ihren Hund los und spielte im Gehen mit ihm, indem sie so tat als würde sie ihn jagen wollen. Wodurch der Hund etwas durchdrehte und wie wild im Kreis um sie herum rannte. Immer ein paar Millimeter von ihrer Hand entfernt, mit der sie versuchte ihn zu berühren.

Ich musste zugeben, das sah echt spaßig aus.

Ich unterdrückte allerdings das Lachen, was sich in mir aufbaute. Wenn ich jetzt laut loslachen würde, dann würde sie wahrscheinlich denken, ich würde mich über sie lustig machen. Aber anstatt das Spielen mit ihrem Hund als Anlass zum Beginn eines Gesprächs mit ihr zu nehmen, drückte ich mich davor. Es wäre nicht der perfekte Augenblick. Außerdem hatte ich eher Angst, dass der große Hund mich umrennen könnte.

Also zögerte ich die Entscheidung noch weiter hinaus.

Schließlich machte sie ihren tierischen Begleiter kurz vor der Straße, am Ende der Wiese, wieder fest und bog rechts auf einen Fußgängerweg ab.

In dem Wissen, das der Spaziergang nicht ewig andauern würde, suchte ich fieberhaft nach einem Grund sie endlich anzusprechen.

Doch kam ich auf keinen klaren verwendbaren Gedanken dafür. Ich verfluchte mich innerlich für das Fehlen meiner Fantasie.

Plötzlich ging sie links über die Straße und auf den dahinterliegenden langen Feldweg.

Bei Erreichen des Feldes begann sie, mit ihrem Hund an der Leine, ein Stück dem Weg hinauf zu rennen.

Dabei fiel ihr auf den ersten paar Metern etwas aus der Tasche.

Es war ein kleiner Beutel.

Der Hundekeksbeutel.

Sie schien es während dem Rennen nicht bemerkt zu haben.

Das war meine Chance.

Meine Möglichkeit dem ungeplanten Spaziergang endlich Bedeutung zu verleihen.

Sie endlich anzusprechen.

Ich spürte wie das Adrenalin in meine Adern floss.

Schnellen Schrittes ging ich auf den Beutel zu.

Indessen war sie stehen geblieben und hatte den Verlust der Leckerchen bemerkt. Wie auch ihr tierischer Gefährte.

Sie ging nun auch auf den Beutel zu.

Oh man, das würde knapp werden, aber ich musste einfach der Erste am Beutel sein!

Also beschleunigte ich meine Schritte ein weiteres Mal. Endlich konnte ich meine gewonnenen Erfahrungen vom

Nordic Walking nutzen.

Ich war als Erster am Keksbeutel und hob ihn schnell auf, bevor ihr Hund mich erreichte.

Es hielt ihn trotzdem nicht davon ab schwanzwedelnd auf mich zuzukommen und mich anzuspringen, bis das Mädchen ihn zurück zog.

Ich hielt ihr triumphierend den Hundekeksbeutel hin.

"Hier."

Ich schluckte meine Nervosität herunter und versuchte mich an einem Lächeln.

"Vielen Dank.", entgegnete sie mir mit einem zauberhaften Lächeln, nahm den Beutel und steckte ihn wieder in ihre Tasche, während ihr Hund erneut auf mich zukam.

Er fing an, an meinem Hosenbein zu schnuppern. Ich hielt ihm, trotz meinem Respekt vor Hunden, meine Hand hin.

Die Stille wurde mit jeder Sekunde unerträglicher.

Aber was sollte ich bloß sagen?

"Also...", begann das Mädchen.

"...wir müssen jetzt weiter. Vielen Dank nochmal."

Sie gab mir ein dankbares Lächeln und wollte sich wieder umdrehen, um ihren Weg fortzusetzen.

"Warte...Kann ich vielleicht deine Nummer haben?", sprudelte es plötzlich aus mir heraus, überrascht über den Mut, den ich von jetzt auf gleich aufbringen konnte.

Ihr Gesicht verzog sich zu einem entschuldigenden Lächeln.

"Ich...hab mein Handy nicht dabei. Tut mir leid."

"Oh schade."

Wie konnte ich bloß noch mit ihr weiterhin im Kontakt bleiben?!

"Hast du vielleicht ein Profil auf irgendeiner dieser bekannten Apps?"

Natürlich war das etwas umständlicher und natürlich war ich selber nirgends angemeldet, aber zumindest war das eine Möglichkeit in Kontakt zu bleiben.

Für sie würde ich mich auch auf einer dieser Apps registrieren.

"Hm...nein...nicht wirklich.", gab sie zurück.

"Oh."

Ich gab mich geschlagen. Es gab keine andere Möglichkeit.

Schon wieder breitete sich eine unangenehme Stille aus, bis das Mädchen schließlich wieder das Wort ergriff.

"Wie heißt du eigentlich?"

Ich dachte über unsere kleine Konversation nach. Verdammt, ich hatte ja noch nicht einmal nach ihrem Namen gefragt!

"Ich bin Leo."

Ich streckte ihr meine Hand entgegen.

"Isabel."

Sie nahm meine Hand mit ihrer, schüttelte sie und zog ihre danach wieder schnell zurück.

"Darf ich dich denn ein Stück begleiten, Isabel?", fragte ich sie.

Ich war ihr jetzt so lange hinterher gelaufen, da wollte ich es nicht einfach schlagartig enden lassen.

"Kannst du schon...allerdings bin ich auf dem Weg...zu...meinem Freund.", erklärte sie entschuldigend.

"Oh."

Meine Begeisterung sank sofort zu Boden.

Sie hatte einen Freund.

Verdammt.

Wahrscheinlich war er groß, durchtrainiert, schlau und hatte schon sein Abitur.

Wie könnte ich so jemanden nur ansatzweise entgegenstehen?!

Natürlich sagten meine Freunde immer: - *Der Freund eines Mädchens ist zwar ein Grund, aber kein Hindernis.* -

Oder war es anders herum? Egal. Ich würde wahrscheinlich noch nicht mal einem drei-viertel-Freund von demjenigen, den sie bestimmt hatte, entgegen stehen können.

"Er ist etwas eifersüchtig.", gab sie weiterhin zu bedenken.

Als ich nichts sagte, begann sie erneut.

"Wir müssen jetzt wirklich weiter gehen. Vielen Dank nochmal, Leo.", verabschiedete sie sich von mir und ließ mich am Anfang des Feldes stehen.

Ich schaute ihr nach und wollte am liebsten im Boden verschwinden.

Was hatte ich mir bloß dabei gedacht?

Plötzlich fiel mein Blick auf die blaue Handyhülle in ihrer

104

hinteren Hosentasche.

Sie hatte mich angelogen.

Sie hatte ihr Handy die ganze Zeit dabei gehabt.

Sie hatte mir ihre Nummer bloß nicht geben wollen.

Ich fragte mich, ob sie überhaupt einen Freund hatte.

Aber all das änderte nichts daran, dass ich morgen wahrscheinlich in der Schule auch am liebsten im Boden versinken würde.

Sie würde das Geschehen bestimmt ihren Freunden erzählen.

Hoffentlich hatte sie nicht bemerkt, dass ich sie schon etwas länger verfolgt hatte. Das würde nochmals alles verschlimmern. Und falls sie wirklich einen Freund hatte, hoffte ich inständig, dass er kein Schläger war und es nicht wie in so manch einem Film enden würde.

Oh Gott.

Die Schule würde morgen der Horror werden.

Als ich bemerkte, dass ich ihr immer noch hinterher starrte, drehte ich mich schnell um und ging die Straße weiter entlang.

Jetzt aber auf dem schnellsten Weg nach Hause.

Hoffentlich hatte niemand mich gesehen oder eher gesagt uns.

Es wäre noch viel peinlicher, wenn es Zeugen gäbe.

Ich schaute mich paranoid um.

Auf der Straße war niemand.

Auf dem Feld auch nicht.

Aber es standen Häuser an der Straße und weitere säumten den

Feldweg.

Die Chance, dass es keine Zeugen geben würde stand sehr schlecht.

Ich war morgen so was von geliefert, wenn einer von ihnen auch noch ein Mitschüler war.

Gründe gegen die Liebe:

18. Eine Abfuhr ist echt nicht schön.

19. Keine Peinliche Situation/ Ins Fettnäpfchen treten, weil Sie einen Freund hat.

20. Viel Anstrengung für nichts.

7. Issi

Endlich hatte ich diesen Typen hinter mir gelassen.

In dieser peinlichen Stille wäre ich am liebsten im Boden versunken.

"Komm, Skipper!"

Ich zog meinen treuen Labrador weiter, als könnte ich die Erinnerung an das peinliche Treffen durch die Entfernung verblassen lassen.

Doch wie Sodbrennen, kam es immer wieder hoch.

Bis ich immer und immer wieder darüber nachdachte.

Immer wieder und wieder.

Bis sich meine Gedanken überschlugen und verdrehten.

Hatte ich etwas abfälliges gesagt?

Hatte ich ihn verletzt?

War ich ein schlechter Mensch?

Immerhin hatte ich ihn angelogen. Ich hatte überhaupt keinen Freund.

Hätte ich ihn vielleicht netter abweisen können?

Er war einfach nicht mein Typ. Ich stand nicht auf ihn.

Nur ein halb-fremder Mitschüler aus meiner Schule, an dem ich bereits ein paar Mal im Flur vorbei gelaufen war. Woran ich mich nur noch halb erinnerte.

So gesehen, wirklich ein Fremder.

Aber es war mir nicht egal, ihn vielleicht unabsichtlich verletzt zu haben.

Und je mehr ich darüber nachdachte, umso mehr entfernten sich meine Gedanken von der Realität. Verzogen und verdrehten das Geschehen vollkommen.

Ich dachte bloß zu viel nach. Das versuchte ich mir zumindest einzureden.

Aber es wurde nicht wirklich besser.

Meine Gedanken kreisten dennoch um mein eingebildetes Verhalten herum, während dieses peinliche Gefühl immer wieder mit aufkam.

Ich konnte noch nicht einmal mehr sagen, was eingebildet und was wirklich wahr war.

Also tat ich das, was ich immer tat, wenn ich etwas verdrängen wollte.

Ich fing an ein Lied zu summen. Den Text mal mit zu singen und mal auszulassen. Als es zu Ende war oder ich nicht mehr weiter wusste, begann ich einfach mit einem neuen.

So lange, bis ich zuhause angekommen war und bis meine fanatischen Gedanken nicht mehr ganz so laut waren.

Ich brachte den restlichen Tag schnell hinter mich, ohne jemanden von dem Vorfall zu erzählen.

Mittlerweile lag ich regungslos im Bett und dachte noch einmal darüber nach.

Gezwungenermaßen, denn meine Gedanken ließen mir keine

Wahl.

Ich wusste nicht, ob ich mich schlecht oder gut fühlen sollte.

Mir war noch nie so etwas passiert.

Irgendwie gruselte es mich.

Immerhin war dieser – *Leo* – mir auch ziemlich lange hinterher gelaufen. Fast schon wie ein Stalker. Mich durchfuhr ein paranoides Gefühl und ich schüttelte mich wie nach einem plötzlichen Kälteschauer.

Skipper war durch die Verfolgung ein bisschen unruhig geworden. Er hatte gespürt, dass etwas, oder sollte ich besser sagen Jemand, im Busch gewesen war.

Aber ich musste zugeben, es war schon sehr lustig gewesen, wie er – *Leo* – überrumpelt hatte. Welcher wiederum nicht mit meinem stürmischen Gefährten klar kam.

Ich konnte nicht nachvollziehen, wie man so tollpatschig mit einem Hund umgehen konnte. Geschweige denn, wie man so naiv sein konnte, um eine Person mit einem großen Hund zu verfolgen.

Das hätte alles auch anders ausgehen können.

Wäre er ein Katzen-Mensch, dann würde das so einiges erklären.

Aber wer wusste das schon?

Ich würde ihn das ganz bestimmt nicht fragen.

Wieso auch?

Um noch so eine peinliche Stille zu erschaffen?

Um eine ähnliche Situation zu erzeugen?

Und diesmal mit Zeugen, die mich höchstwahrscheinlich damit aufziehen würden.

Nein, danke.

Sicher nicht.

Das würde ich mir sicher nicht antun.

Ich schloss meine Augen. Atmete tief durch und versuchte jeden einzelnen Gedanken aus meinem Kopf zu verbannen, wie ich es im Yoga gelernt hatte.

Und es funktionierte sogar. Zumindest zum ersten Mal für heute.

Ich wollte einfach nur an nichts denken müssen, um meinen Schlaf zu genießen.

Was ich schließlich auch tat.

Der nächste Morgen begann wie jeder andere zuvor.

Ich hatte mir nach und nach drei verschiedene Outfits aus meinem Schrank geholt, nur um letztendlich das anzuziehen, was ich mir am Abend zuvor bereits raus gelegt hatte.

Anschließend hatte ich eilig gefrühstückt und mir meine Schulsachen fertig gepackt.

Samt Verpflegung.

Und jetzt saß ich hier auf meinem Fahrrad und radelte, etwas sehr langsam, zur Schule.

Man konnte schon fast sagen, dass ich schlenderte oder eher

trödelte.

Ich hatte keine Lust auf die Schule.

Naja, der Unterricht selber war nicht mein Problem.

Ich wollte bloß vermeiden – *Leo* – über den Weg zu laufen.

Was vor unserem peinlichen Treffen unglaublich selten passiert war. Aber man konnte ja nie wissen. Ich wollte mein Glück nur ungern herausfordern, aber vielleicht war es heute dennoch auf meiner Seite und ich würde ungeschoren davon kommen.

Hoffentlich.

Oh Gott! Vielleicht hatte er unser Treffen von gestern bereits herum erzählt!?

Sie würden über mich lachen.

Sie würden alle über mich lachen, sobald ich den ersten Schritt durch die Tür machen würde.

Ich konnte ihr Gelächter schon in der Ferne hören.

Doch nein! Ich hörte es wirklich!

Verdammt, war ich jetzt schon so verrückt geworden, dass ich Sachen hörte, die nicht da waren?

Plötzlich hörte ich zu dem Gelächter die Geräusche von breiten Fahrradreifen auf dem Asphalt von der Straße.

Es waren bestimmt nur Mitschüler aus meiner Schule.

Ich war erleichtert.

Ich war immerhin nicht so verrückt, dass ich Geräusche in die Realität projizierte.

Dennoch wollte ich mich nicht umdrehen. Es könnte ja auch sein, dass sie über mich lachten.

Weshalb auch immer...

Also starrte ich weiterhin auf die Straße und fuhr gemächlich weiter.

In der Hoffnung, sie würden mich schnell passieren.

Sie kamen immer näher.

Jetzt hatten sie mich fast schon erreicht und redeten unbekümmert weiter. Sie schienen sich nicht um mich zu scheren.

Vielleicht hatte ich ja Glück.

Doch zu früh gefreut.

Der blonde Junge, der mittlerweile genau neben mir fuhr, drehte plötzlich seinen Kopf in meine Richtung und schaute mich an.

Unsere Blicke trafen sich. Ich hatte ihn schon einmal gesehen.

Mein Herz machte einen Satz.

Er war aus meiner Schule. Aus meinem Jahrgang sogar.

Er lächelte mich freundlich an. Irgendwie war er süß.

Dennoch erwartete ich sein Lachen von eben, welches zuvor seinem Kumpel gewidmet war.

"Guten Morgen.", grüßte er mich wider Erwarten, als würden wir uns schon längst kennen.

"Morgen.", entgegnete ich ihm schnell.

Das war auch das Einzige, was ich zustande brachte.

Er grinste einfach weiter. Fuhr mit seinem Kumpel, der sprachlos neben ihm her radelte, weiter von mir weg. Aber er drehte sich noch einmal zu mir um lächelte mir erneut entgegen.

Mein Herz machte einen weiteren Satz.

Was war gerade bloß passiert?

Ich rieb mir mit der einen Hand beide Augen und schaute den Jungs hinterher.

Ich hatte mir das Geschehen gerade weder eingebildet noch hatte ich es geträumt.

Es war wirklich passiert.

Was zum Teufel lief momentan bloß hier ab?

War ich etwa in einem falschem Film gelandet?

Ich schaute mich um. Suchte zu meinem eigenen Spaß nach der - *versteckten Kamera* -, bis ich wieder ruckartig paranoid wurde und nach vorne schaute, um sicher zu gehen, dass der süße Typ von vorhin nicht die wahnsinnige Seite von mir gesehen hatte.

Ich atmete erleichternd aus, als ich ihn in weiter Ferne fahren sah. Selbst wenn er sich umgedreht hätte, so war er doch bereits zu weit entfernt gewesen, um meine bescheuerten Bewegungen richtig deuten zu können.

Ich grinste in mich hinein und unterließ auf dem restlichen Schulweg jegliche verrückte Szenarien.

Selbst die gemeinen Gedanken über eine mögliche neue

Situation mit – *Leo* – wurden von meinem neuen Erlebnis in den Hintergrund gestellt.

Immerhin hatte mein Kopf jetzt etwas anderes zu tun, als ständig Vorwürfe auszuspucken.

Ich gab die Hoffnung nicht auf, dass ich vielleicht eines schönen Tages das peinliche Zusammentreffen von gestern, sowie meine fanatischen Gedanken darüber, gänzlich verdrängen könnte.

Endlich hatte ich den Fahrradparkplatz erreicht und suchte nach einem freien Platz.

Der Fahrradparkplatz war wie ein richtiger Parkplatz aufgebaut, es gab 6 Reihen mit Fahrradhaltern auf jeder Seite, die sich bis zum Eingang des Campus zogen. Sie waren ungefähr 20 Meter lang.

Ich sah ein unbelegtes Stückchen fast schon am Rande zum Campus. Schnell fuhr ich dorthin, bevor es mir jemand wegschnappen konnte.

Dort angekommen bremste ich ab, stieg vom Fahrrad und nahm meine Tasche aus dem Korb, bevor ich mich ans Abschließen machte.

Ich entwirrte das Schloss unterhalb meines Sattels und zog es darüber hinweg, schob es durch die Speichen und den Metallrahmen des Fahrradhalters, um es sicher abzuschließen.

Während ich versuchte, die beiden Einzelteile des Schlosses

zusammen zu bekommen, hörte ich plötzlich eine mir bekannte Stimme.

Ein Schock durchfuhr mich.

Ich verharrte in meiner Position. Versteckte mich halb hinter meinem Fahrrad und tat so, als würde ich Jahre brauchen um das Schloss zu schließen.

Ich traute mich nicht hoch zu schauen. Denn wenn ich meinem Gehörsinn auch diesmal Glauben schenkten durfte, dann war es Leo, der gerade mit jemanden am Fahrradparkplatz vorbei lief um zum Eingang des Schulgebäudes zu gelangen.

"Was hast du gestern gemacht? Du warst spät beim Training!", sagte der mir Unbekannte.

"Du weißt ganz genau, dass am Computer zu zocken nicht wirklich Training ist.", wehrte Leo den Kommentar beiläufig ab.

Ich erinnerte mich gezwungenermaßen wieder an gestern. Er würde ihm jetzt bestimmt sagen, wie grässlich ich war.

"Du hast meine Frage nicht beantwortet.", bohrte der Andere weiter nach.

Meine Nervosität stieg. Jetzt gleich würde ich zum neuem Tratsch der Schule aufsteigen und das wollte ich ganz bestimmt nicht.

Allerdings würde ich auch nichts dagegen tun. Ich wollte weder Leo offen begegnen, noch eine Konversation mit ihm anfangen.

Hier hinter meinem Fahrrad fand ich mich ziemlich gut geborgen.

"Ich muss mich doch nicht vor dir rechtfertigen, Danny. Aber wenn du es gerne wissen möchtest: Ich war an der frischen Luft und habe Nordic Walking trainiert.", rechtfertigte er sich dennoch. Obwohl es nur die halbe Wahrheit war.

Ich atmete tief durch.

Er hatte es nicht verraten.

Er hatte nichts von gestern erzählt.

Vielleicht gab es heute ja doch noch Hoffnung für mich.

Ich schloss endlich mein Schloss ab und wollte gerade langsam schauen, ob die Luft rein war, als ich zu Tode erschreckt wurde.

"Guten Morgen, Issi!"

Betty fuhr mit voller Geschwindigkeit auf mich zu, nur um eine Vollbremsung Zentimeter vor mir auszuführen.

Ich hoffte nicht, dass Leo sie gehört hatte und sich womöglich sogar umdrehte.

Ich traute mich aber auch nicht nachzuschauen. Da war es einfach besser, alle anderen außer Betty zu ignorieren, als hätte ich die beiden Jungs von Anfang an nicht bemerkt.

"Wieso versteckst du dich hinter dem Fahrrad?"

Verdammt, jetzt hatte ich sie auch noch am Hals.

Und ich hatte schon gedacht, der Morgen konnte nicht schlimmer werden.

Aber leider ging schlimmer ja immer.

"Morgen Betty."

Ich spielte ihr ein Lächeln vor und suchte schnell nach einer Ausrede.

"Mein Schloss hat leider geklemmt. Ich brauch wohl bald ein Neues.", ich grinste unschuldig.

Leider war sie heute nicht so extrem mit sich selber beschäftigt und bemerkte zumindest, dass etwas im Busch war.

"Na sicher."

Sie zog eine Augenbraue hoch, ließ mich wissen, dass sie es mir nicht abkaufte.

Aber es schien sie nicht zu sehr zu interessieren. Sie beließ die Situation dabei.

Höflich wie ich war, wartete ich auf Betty, während sie ihr Fahrrad abschloss.

Betty sah so anders aus. Sie grinste vom linken bis zum rechten Ohr.

Die ganze Zeit.

Sogar immer noch, als wir vom Fahrradparkplatz über den Campus liefen und die Schule betraten.

Es jagte mir ein wenig Angst ein, sie so zu sehen.

Das war wirklich nicht normal.

Auch wenn es gemein klang, aber sie war noch nie ein grundlos glücklicher Mensch gewesen.

Es war irgendetwas passiert.

Das seltsamste von alledem war, dass sie es noch nicht einmal erzählte. Obwohl sie sonst auch pausenlos nur über sich selber sprechen konnte. Aber heute morgen, tat sie es nicht.

Sie schaute auf ihr Handy und steckte es wieder weg, ging stillschweigend mit ihrem Grinsen neben mir her.

Das war nicht normal.

Ich schaute auf meine Uhr.

7: 35.

Erst in 25 Minuten würde der Unterricht beginnen. Wir hatten also noch genügend Zeit uns an einen der Pausentische zu setzen und die Schultaschen abzulegen.

Ich nutzte die verbleibende Zeit und kramte meine Mathehausaufgaben raus. Abgabe war zwar erst am Donnerstag, also morgen, aber dann hatte ich die wenigstens schon einmal fertig und musste mich nicht zuhause damit herum scheren.

"Du weißt schon, dass wir zwar heute auch Mathe haben, die aber erst morgen fällig sind?"

Betty zeigte auf mein noch leeres Papier und auf das Mathebuch, ihr liebster Freund und Helfer.

"Oder dachtest du wir hätten schon Donnerstag?!", stichelte sie mich und lächelte mir schelmisch entgegen.

Das war die Betty, die ich kannte. Vielleicht war ja doch nichts passiert. Vielleicht kannte ich sie einfach nicht gut genug, um zu wissen, dass sie auch mal ab und zu grundlos glücklich sein konnte.

"Ich habe keine Lust die Zuhause zu machen. Und nein, ich weiß, dass heute Mittwoch ist. Oder haben wir doch etwa schon Freitag?"

Ich drehte meinen Kopf fragend in ihre Richtung. Sie verstand die Ironie in meiner Stimme.

"Wie auch immer."

Betty warf ihre Arme in die Luft und lächelte wieder.

"Ich bin auf der Toilette."

Sie drehte sich schnurstracks um und verschwand hinter der Toilettentür neben den Schließfächern.

Ich musste selber lächeln. Ich war noch nie wirklich dicke mit ihr befreundet gewesen.

Was ich normalerweise von ihr mitbekam, war nicht wirklich freundlich. Im Gegensatz dazu wirkte sie heute sehr nett.

Fast schon wie jemand, mit dem ich sehr gut befreundet sein wollen würde.

Vielleicht gab es wirklich eine Seite von ihr, die bisher nur Fina sehen konnte. Die sie uns normalerweise nicht zeigte.

Ich schüttelte kaum merklich meinen Kopf, um die Gedanken abzuschütteln und mich voll und ganz wieder auf die Hausaufgaben zu konzentrieren. Ich versuchte alles andere auszublenden, damit ich so schnell wie möglich mit Mathe fertig würde. Natürlich löste ich die Aufgaben in der Schnelle gewissenhaft und ordentlich.

Zumindest für meine Verhältnisse.

Ich war noch nie jemand gewesen, dessen Schrift man gut entziffern konnte. Für die meisten sah es auch eher nach Hieroglyphen aus. Aber es störte mich nicht. Ich war bloß froh, dass ich meine eigene Schrift lesen konnte.

Zudem wollte ich mich nicht heute Nachmittag mit Mathe herumschlagen müssen, deswegen mussten diese fiesen Aufgaben endlich fertig werden.

Ich war so in dem blau-gelben Buch und meinen Kritzeleien vertieft, dass ich gar nicht bemerkte, wie eine Person auf mich zukam und neben mir anhielt.

"Hey."

Der blonde Junge von vorhin stand plötzlich wie aus dem Nichts neben mir.

Ich zuckte erschrocken zusammen und unterdrückte einen kleinen Schrei, während mein Herz Weitsprung trainierte.

Ich versuchte meine Atmung zu beruhigen. Zu hyperventilieren würde jetzt auch nicht helfen.

"Oh! Entschuldige. Ich wollte dich nicht erschrecken."

Er lächelte mir entschuldigend entgegen.

Es verschlug mir die Sprache.

Er war wirklich süß.

Ich versuchte einen klaren Gedanken zu fassen, um nicht vollends wie eine Idiotin dazu stehen.

Ich unterdrückte einen möglichen Tagtraum und entgegnete

ihm wenigstens schon mal mit einem Lächeln.

Naja, so gut ich eben konnte.

"Hmm...Hi....Nicht schlimm.", stotterte ich vor mir her.

Ich wäre am liebsten im Boden verschwunden.

Wieso war ich mir selbst gegenüber immer so peinlich?

Wieso konnte ich nicht einfach normal mit ihm sprechen?!

Ich verfluchte mich innerlich und hoffte, dass er es nicht durch irgendeine verrückte Mimik von mir mitbekam.

Ich war so ein Trottel.

Sein Lächeln wurde breiter.

Oh Gott. Ich spürte die Schläge meines Herzens mit jedem Pochen. Ich hatte Angst es würde ihm gleich entgegen springen.

"Also...Ich bin Kyle. Wir....wir sind in der gleichen Stufe.", erklärte er sich.

"Ja...ich weiß....Also wie du heißt wusste ich nicht, aber dass wir in die gleiche Stufe gehen....Ich bin Issi."

Für diese Aussage hätte ich mir am liebsten selber eine rein geschlagen.

Ich war so dumm.

Ich versuchte mich erneut an einem Lächeln, bis ich bemerkte, dass ich seit vorhin gar nicht damit aufgehört hatte.

Ich war so extrem nervös. Und er...er wirkte einfach so gelassen. So cool.

Ich musste wirklich wie ein Dummerchen aussehen.

"Freut mich dich kennen zu lernen, Issi."

Kyle streckte mir förmlich seine Hand entgegen.

"Die Freude ist ganz meinerseits.", zitierte ich den üblichen Satz aus so manch einen Klassiker und schüttelte seine Hand.

Ich dankte irgendeiner höheren Macht dafür, dass meine Hände nicht schweißnass waren. Was echt eklig gewesen wäre.

"Also...hmmm...", Kyle wurde etwas rot im Gesicht.

Seine Gelassenheit hatte ihn schlagartig verlassen. Er fing an sich nervös hinter seinem Ohr zu kratzen.

"Ich finde dich echt cool.", fuhr es plötzlich aus ihm heraus.

Ich spürte wie mein Lächeln automatisch breiter wurde.

Er mochte mich.

Mein Herzschlag schaltete noch einen Gang weiter hoch.

"Ich...ich finde dich auch cool.", sprudelte es aus mir heraus, bevor er einen weiteren Satz formulieren konnte.

Er schien dankbar für meine Unterstützung. Doch seine Gelassenheit war noch immer kilometerweit entfernt.

"Ich hab mich gefragt, ob du, naja, also, ob du mir vielleicht..."

Kyle atmete tief durch. Es sah so aus, als würde er neuen Mut sammeln wollen.

"...vielleicht.....deine Nummer geben würdest?"

Seine grünen Augen starrten mich eindringlich an.

"Ja.", bevor ich überhaupt nachdenken konnte, hatte ich seine Frage auch schon beantwortet.

Er fuhr sich mit seinem Arm erleichtert über seine Stirn.

"Cool."

Sein Lächeln reichte jetzt von einem Ohr bis zum anderem.

Ich riss ein Stück Papier von meinem Block ab und versuchte meine Handynummer schön leserlich darauf zu schreiben.

Als ich fertig war, las ich sie noch einmal durch um sicher zu gehen, dass es auch die Richtige war.

Ich hob das Stück Papier hoch. Es zitterte in meiner Hand, weil meine Hand zitterte.

"Hier."

Ich hielt ihm das Papier entgegen.

Er nahm es vorsichtig in seine Hand, als könnte es durch die geringste Krafteinwirkung zerbrechen.

"Cool, danke."

Kyle überlegte kurz, doch bevor überhaupt eine peinliche Situation entstehen konnte, ergriff er erneut das Wort.

"Also dann. Ich schreib dir. Bis dann."

Verabschiedete er sich nervös und ging zurück in die Richtung, aus der er wahrscheinlich auch gekommen war.

Ich schaute ihm nach.

Mein Herz klopfte noch immer wie verrückt.

Ich hatte ihm meine Nummer gegeben. Als würde mich die Erkenntnis erst jetzt treffen, realisierte ich, dass der Süße Typ, Kyle, jetzt meine Nummer hatte und mich anschreiben würde.

Ich lächelte glücklich in mich hinein.

"Na so was aber auch? Sieht so aus als wärst du endlich erwachsen geworden."

Betty stand plötzlich neben mir. Durch den erneuten Schreck wäre ich beinahe von meinem Stuhl herunter gefallen.

"Das war ja echt süß.", stichelte sie mich und versuchte mir mit ihrer Hand durch die Haare zu wuscheln.

"Hast du...Hast du etwa alles mitbekommen?", ich sah sie fragend an.

Sie fing an breit zu grinsen und nickte zustimmend.

Ich wäre schon wieder am liebsten im Boden versunken.

"Nein nein. Ich meine, dass war echt süß. Versteh mich nicht falsch.", erklärte sie sich aufmunternd. Ich war überrascht, dass sie diese Eigenschaft überhaupt hatte.

"Es ist nur...", begann sie erneut.

"Was? Was ist nur?!"

Leicht wütend fuhr ich sie an. Es war genau das was sie wollte.

"Naja. Kyle ist der Typ, der Fina, Eve und Liz immer nieder macht."

Bettys Worte trafen mich wie ein Schlag ins Gesicht. Aber ich wollte ihr einfach nicht glauben. Meine Gedanken überschlugen sich schon wieder.

"Er....er ist der Kopf....der Chaostruppe?????", fragte ich sie ungläubig.

Sie nickte wieder zustimmend.

"Tut mir leid."

Mein Herz schien plötzlich gar nicht mehr zu schlagen.

Kyle sollte der Kopf der Chaostruppe sein?

Kyle?

Wenn das wirklich wahr sein sollte, dann.... dann.

Oh verdammt.

Ich hatte gerade einem Mobber meine private Telefonnummer gegeben.

Einfach so.

Wie konnte ich bloß so blöd sein.

Ich schaute traurig auf meine Uhr.

7:55.

Na toll.

Meine Mathehausaufgaben hatte ich auch nicht alle geschafft.

Der Tag hatte ja super begonnen.

Gründe gegen die Liebe:

21. Du kommst nicht in peinliche Situationen.

22. Du gibst nicht aus Versehen einem Mobber deine Handynummer.

8. Betty

Ich schnappte mir meine Schulsachen, entschuldigte mich noch einmal höflich bei Issi und ging dann meiner Wege.

Ich ließ Issi gewissermaßen in ihrem Selbstmitleid zurück und ehrlich gesagt tat sie mir schon ein bisschen leid. Aber ich war froh es ihr gesagt zu haben.

Sie hätte es ja ohnehin erfahren.

Auf die ein oder andere Art.

Zumindest konnte jetzt nicht mehr das Gleiche wie mit Sarah passieren.

Also die Art und Weise, wie sie das Geheimnis von Cole und Malia erfahren musste. Diesen Fehler würde ich nicht noch einmal machen.

Dann doch lieber gerade heraus wie bei Issi. Sie konnte schon damit umgehen.

Sie war zwar schockiert gewesen, allerdings war ich mir sicher, sie würde die Sache schon meistern.

Auf dem Weg nach oben zum Englischunterricht, holte ich schnell mein Handy heraus, um zu schauen, ob Danny vielleicht schon meine Nachrichten gelesen hatte.

Er hatte mir heute früh einen - *Guten Morgen* - gewünscht. Mit so einer schönen Nachricht stand man doch gerne auf und ging zur Schule, ganz besonders in dem Wissen, dass er auch hier herkommen würde.

Ich konnte es kaum erwarten ihn zu sehen.

Hoffentlich hatte er heute Nachmittag Zeit um sich mit mir zu treffen. Ich hatte ihm geschrieben ob er nach der Schule mit mir essen gehen würde. Natürlich erst, nachdem ich ihm auch einen - *Guten Morgen* - gewünscht hatte.

Bis jetzt hatte er noch nicht geantwortet. Aber ich konnte sehen, dass er meine Nachrichten schon gelesen hatte.

Er hatte wahrscheinlich einfach noch keine Zeit gehabt um mir zu antworten.

Zumindest redete ich mir das ein, während tausende andere sinnlose Gedanken meinen Kopf durchströmten.

Ob er mich überhaupt mochte?

Ob ich ihn überhaupt mochte?

Ob Fina ihn wirklich nicht mochte?

Ob ich vielleicht meine wichtigste Freundschaft damit zerrüttete?

Ich war unsicher. In allem. Also tat ich das, was ich am besten konnte.

Ich setzte meinen Sarkasmus auf und startete meinen Tag.

Was brachte es mir denn bloß, wenn ich jedem Beliebigen meine gnadenlose Unsicherheit in dieser Angelegenheit zeigte?

Was ich natürlich nicht tun würde, weil ich es nicht wollte.

Es war bequem meine sarkastische Seite zum Vorschein zu bringen.

So war ich halt.

Es war ja nur um mich selber zu schützen.

Vor allen anderen.

Und niemand wurde verletzt.

Soweit ich das beurteilen konnte.

Außerdem kannten sie mich alle doch so und kamen damit klar.

Wieso etwas verändern, was man nicht unbedingt verändern musste?

Vielleicht hielten sie mich deswegen für eingebildet, aber es war mir gleich.

Mir war egal was sie dachten.

ICH mochte mich selber!

Auf der 1. Etage angekommen, sah ich Elli und Sarah vor meinem Englischraum warten.

Es war ja auch nicht verwunderlich. Sie waren immerhin in meinem Kurs.

Elli trug untypischerweise eine blaue Schlaghose und ein etwas zu großes schwarzes Shirt dazu. Was normalerweise der Stil von Sarah war, welche eine ähnliche Hose mit einem weißen Shirt trug. Ellis Kleidungstücke mussten von Sarah kommen.

Was war bei den beiden denn bloß schon wieder verkehrt gelaufen?

Machten Elli und Sarah jetzt schon Übernachtungsfeiern unterhalb der Woche?

Was war mit ihren Eltern denn schief gelaufen?

Bei meinen hätte es so etwas nie gegeben. Höchstens an Karneval, wenn Fina bei mir traditionell übernachtete.

Hier war doch bestimmt schon wieder irgendwas los.

Sicherlich würde ich die beiden nicht darauf ansprechen. Dann würden die mich ja nachher noch in ihre Probleme mit rein ziehen.

Nein. Danke.

Dafür hatte ich keine Zeit. Ich hatte ja schließlich meine eigenen Probleme.

Ich setzte ein Lächeln auf und ging zu ihnen rüber.

"Guten Morgen.", wünschte ich den beiden.

Sarah und Elli sahen mich beide schockiert an.

"Morgen.", entgegneten sie mir wie im Chor. Das war schon echt ein bisschen gruselig.

Sarah schien etwas sagen zu wollen, blieb aber dann doch still. Elli versuchte es noch nicht einmal. Es sah so aus, als würde sie etwas bedrücken.

Ich kramte in meiner Schultasche, bis ich das fand, was ich extra für heute eingepackt hatte.

Zwei Schokoladenriegel.

"Es tut mir leid, was am Montag passiert ist, Sarah. Und was du vielleicht durchmachst, Elli. Hier." Ich hielt ihnen die Schokoladenriegel hin. In der Hoffnung die Ecken und Kanten zwischen uns Dreien würden sich wieder glätten. Ich hatte keine Lust, dass das nachher auch noch zu einem unnötigen Streit ausufern könnte.

Ich hatte auch so schon genug zu tun.

Überrascht sahen die beiden mich mit großen Augen an.

Das hatten sie sicher nicht erwartet.

"Danke.", erwiderte Elli und nahm sich ihren.

"Ja, danke Bettina."

Sarah nahm sich den anderen Riegel.

"Es ist nicht schlimm was passiert ist. Es ist nun mal passiert und jetzt weiß ich wenigstens die Wahrheit. Also...danke, dass du mir die Augen geöffnet hast."

Sarah lächelte mir dankbar entgegen. Das hätte ich jetzt auch nicht erwartet.

Ich nickte zustimmend, unsicher was ich darauf antworten sollte.

Zu meinem Glück kam unser Englischlehrer um die Ecke, schloss die Tür auf und ließ uns in den Raum.

Im Handumdrehen saß ich auch schon im Klassenzimmer und musste nicht mehr darüber nachdenken, was ich ihr antworten sollte.

Der Englischlehrer knallte seine Bücher auf dem Tisch, damit wir auch alle vollends wach wurden, und bat den letzten Schüler die Tür zu schließen.

"Good morning, everybody."

Seine Stimme hallte durch den Raum, während er sich

kurzerhand der Tafel widmete.

"Good morning, Mr. Gingerdread.", begrüßten wir ihn im Chor.

"Today's topic is the american dream."

Herr Gingerdread schrieb den "amerikanischen Traum" als heutiges Thema in breiter Druckschrift auf die Tafel.

Es war ja nun wirklich nicht so, dass es bereits das Thema der letzten Einzelstunde gewesen war. In der wir sogar eine Rede für heute hatten vorbereiten müssen.

Ich für meinen Teil, hatte sie in der Stunde erfolgreich vollenden können und nicht, wie so manch anderer, die Fertigstellung als Hausaufgabe aufbekommen.

Allerdings konnte auch nicht jeder so sein wie ich. Das wäre ja auch irgendwann langweilig.

"So, who would like to present his or her speech?", fragte Herr Gingerdread gespannt in die Runde.

Ich hob entschlossen meinen Arm hoch, wie auch einige wenige der anderen Schüler.

Der Lehrer sah sich um. Im selben Moment schwang die Tür auf und Malia kam herein.

Viel zu spät für ihre Verhältnisse.

Genauer gesagt, war sie in ihrer gesamten Schullaufbahn, soweit ich wusste, noch nie zu spät gekommen.

Schon seltsam.

Führte ihr neuer Freund sie etwa auf Abwege?

"T'schuldigung.", nuschelte sie und versuchte hektisch die Tür schnell zu schließen.

Es war ihr sichtlich unangenehm.

"Please speak english, Malia.", forderte Herr Gingerdread sie auf.

"I'm sorry to be late, Mr. Gingerdread."

Malia ging schnell zu ihrem Sitzplatz.

Sie wirkte nervös und hatte auch jeden Grund dazu. Denn sie hatte Herrn Gingerdread einen Grund gegeben sie in dieser Stunde durchgehend dran zu nehmen.

Als Strafe und als Lektion nie wieder zu spät zu kommen.

Sie sollte sich glücklich schätzen, dass es heute bloß eine weitere Einzelstunde war.

Durch ihre dumme Aktion würde sie jetzt auch noch ihre Rede vorstellen dürfen und nicht ich.

Na dann...vielen Dank auch, Malia!

Herr Gingerdread schaute sein heutiges Opfer eindringlich an, während sie eilig ihre Schulsachen auspackte.

"Malia, would you like to present your speech?"

Es war keine Frage. Eher eine Aufforderung. Wie es alle Lehrer nun mal machten. Als hätte man da überhaupt noch eine Wahl.

Malia schnappte sich ihr Englischheft, stand auf und starrte den Englischlehrer trotzig an.

"Sure!", stimmte sie ihm sichtlich widerwillig zu.

Ihr starker deutscher Akzent hallte in meinen Ohren nach.

So wie sie die englische Sprache malträtierte, sollte man ihr verbieten diese überhaupt in den Mund zu nehmen.

Es war eine reine Körperverletzung für die Ohren. Als würde ein Instrument erklingen, dass stetig den falschen Ton traf.

Ich fragte mich, ob es eine akustische Körperverletzung wirklich gab.

Gott sei Dank war Malias Rede kurz und knackig, so dass die Quälerei nicht lange anhielt und genügend Zeit für eine weitere Präsentation verblieb.

Natürlich meldete ich mich und natürlich kam ich auch dran. Immerhin musste ich ihr ja zeigen, wie es richtig ging. Mit der Rede und der Aussprache. Jahrelanger Konsum von englischen Youtube videos, Büchern und Filmen machten sich nun einmal bezahlt. Doch ich bezweifelte, dass es Malia überhaupt noch aus ihrer Lage befreien konnte.

Sie würde niemals meinen linguistischen Wissensstand erreichen und wie ich ein 28 Strophen langes Gedicht auf Englisch schreiben können.

Geschweige denn lesen, verstehen oder übersetzen.

Ich stellte meine grandiose Rede vor, doch Malia schien mir wenig Beachtung zu schenken.

Super, da wollte ich ihr schon helfen und dann so was.

Wirklich unhöflich.

Doch Herr Gingerdread beließ es nicht dabei und bat sie um

ein Kommentar über meinen Vortrag, nachdem er mich für die Arbeit gelobt hatte.

"It was great.", stammelte sie leicht ertappt über ihre fehlende Aufmerksamkeit.

Ich bezweifelte, dass sie überhaupt etwas mitbekommen hatte. Erbärmlich.

Vielleicht sollte sie einfach besser bei dem bleiben, was sie konnte. Als Bedienung in der Pizzeria zu arbeiten. Das bekam sie wenigstens gut hin.

Auch wenn ich dachte, dass es nach den Geschehnissen mit Sarah nicht mehr möglich war, konnte ich sie jetzt noch weniger leiden.

Der Unterricht war schneller vorbei, als er angefangen hatte. Die schönen Dinge, gingen leider immer zu schnell vorüber. Zumindest wurde ich endlich von Malias speziellem Englisch befreit.

Als wäre sie auf der Flucht, war sie die Erste, die nach Beendigung des Unterrichts die Klasse verließ.

Ich schaute Sarah und Elli fragend an. Die beiden hoben unbekümmert ihre Schultern, sie wussten nicht was mit der Verrückten los war.

Wieso sollten sie auch?! Sie waren im Streit mit ihr.

Es schien sie ohnehin nicht zu interessieren. Das konnte ich auch ziemlich gut nachvollziehen.

Auch ich packte schließlich meine Sachen zusammen,

verabschiedete mich netterweise von Elli und Sarah und ging zum Matheunterricht, wo ich sehr wahrscheinlich Issi wieder treffen würde.

Genau diese saß wie ein kleines Häufchen Elend auf dem Boden, angelehnt an der Wand neben der Tür zum Matheraum.

Die Tür war noch abgeschlossen.

Es hatte heute noch niemand dort Unterricht gehabt.

Ich blieb ein paar Meter vor ihr stehen und atmete tief durch.

Wie immer schien sie mich nicht zu bemerken.

Typisch Isabel.

Noch eine Baustelle, die ich nicht sanieren wollte.

Ich schaute auf mein Handy.

Danny hatte mir geantwortet.

Endlich.

Er wollte sich mit mir in der Pause nach der 2. Stunde auf dem hinterem Schulhof treffen.

Ein Glücksgefühl breitete sich in mir aus. Endlich etwas Positives!

Ich schrieb ihm, dass ich da sein würde und steckte das Handy wieder weg.

Jetzt musste ich wohl oder übel erst mal mit Issi klar kommen.

Gewissermaßen war es ja auch mein Verdienst, dass sie jetzt so da saß. Das musste ich leider zugeben. Dennoch hätte ich es nicht anders gemacht.

Sie sollte im jeden Fall wissen, was er getan hatte und fortan tat. Egal wie hoch der Preis war.

Was sie jetzt auch wusste.

Ich ging zu ihr und grüßte sie freundlich.

Sie hob abwesend ihrem Kopf, um sicher zu gehen, dass auch wirklich sie gemeint war.

Ich setzte mich neben sie.

"Was ist los?", fragte ich gespielt unwissend.

Sie schaute mich traurig an.

"Ich hab einem Mobber meine Nummer gegeben."

Als wäre sie erneut über ihre eigene Tat schockiert starrte sie die gegenüberliegende Wand an.

Ich schnaufte leicht genervt und bekam ihre Aufmerksamkeit wieder.

"Ja, er hat Eve, Liz und Fina doof angemacht. Das macht er mit seinen Jungs immer noch und am liebsten würde ich ihm dafür eine rein schlagen.", gab ich offen zu.

"Aber vielleicht...meint er es...", ich suchte nach dem richtigen Wort um sie aufzumuntern, auch wenn ich nicht den Glauben daran hatte.

"...ernst mit dir."

Ich versuchte mich nicht zu verschlucken. Ich konnte Kyle nicht leiden. Aber es war einen Versuch wert Issi darauf anzusetzen, dass der Mistkerl endlich aufhörte meine Freunde zu mobben.

Ihre Augen wurden größer.

Sie schien meinen Worten Glauben zu schenken.

Ihr Gesicht erhellte sich.

"Vielleicht hört er dann auch bald auf unsere Freunde zu nerven. Wenn du ihn am Haken hast.", stichelte ich sie.

Issi fing an zu lächeln. Es war erstaunlich, wie beeinflussbar sie doch manchmal sein konnte.

Sie glaubte mir jedes Wort.

"Ich glaube du wirst das richten können.", munterte ich sie auf.

"Ja...vielleicht."

Sie strich sich mit einer Hand durch die langen blonden Haare.

Ich hatte sie erfolgreich auf den Boden der Tatsachen zurückgeholt.

Ich klopfte mir imaginär mit der Hand auf die Schulter.

Jetzt musste ich sie wenigstens nicht während des kostbaren Matheunterrichts aufheitern.

Eine kleine Baustelle weniger.

Ich stand auf und streckte ihr höflich meine Hand entgegen, um ihr aufzuhelfen. Auch wenn sie es keinesfalls nötig hatte, nahm sie diese dankend entgegen.

Einige Sekunden später kam auch schon unser Mathelehrer, schloss die Tür auf und begann wenig später mit seinem Unterricht.

Anders als sonst fieberte ich allerdings der Pause entgegen, um mich endlich mit Danny treffen zu können.

138

Ich konnte es kaum erwarten.

Also hörte ich mit einem Ohr zu, machte nebenbei die Aufgaben für den morgigen Matheunterricht und ließ gleichzeitig meine Gedanken in Richtung Pause abschweifen.

Das würde ich mal Multitasking nennen.

Nach kurzer Zeit waren die Aufgaben auch schon erledigt und ich hatte nur noch den Unterricht und meine kleine Tagträumerei.

Was wollte Danny bloß mit mir besprechen?

Oder wollte er mich einfach nur sehen?

Mein Herz flatterte ein wenig. Ein bisschen Adrenalin schoss mir durch die Adern und ich spürte, wie meine Wangen bei dem Gedanken an ihn leicht erröteten.

Wie sehr ein solch einfaches Gefühl sich doch auswirken konnte.

Ich würde nicht sagen, dass ich Liebe verspürte. Doch das reine Verliebtsein hatte ich mir sicherlich eingefangen.

Zumindest hatten die ganzen Nachrichten und die bisherigen wenigen kleinen Treffen, als sogenannte Freunde, bereits einen großen Einfluss auf mich genommen. Entweder durch ihn oder das Verliebtsein an sich.

Das spürte ich selber. Ich würde sogar fast sagen, dass ich gegenüber meiner Mädelstruppe offener geworden war.

Also offener als zuvor.

Ungefähr so, wie ich sonst nur bei Fina sein konnte.

Es war wirklich bemerkenswert.

Ich lächelte in mich hinein.

Irgendwie schien ich mich tatsächlich ein klein wenig zu verändern.

Als der Mathelehrer den Unterricht beendete, packte ich schnell meine Sachen zusammen und teilte Issi mit, dass ich wahrscheinlich wenn überhaupt erst etwas später in der Pause zu ihr und den anderen am Pausentisch kommen würde.

Danach verließ ich schnell den Raum und ging die Treppe hinunter, auf dem Weg zum hinteren Schulhof.

Ich musste mir eingestehen, dass meine Eile unnötig war.

Danny konnte ohnehin auch nicht schneller dort sein, als ich.

Er hatte ja schließlich auch in den ersten beiden Stunden Unterricht gehabt.

Wer wusste denn schon, ob sein Lehrer oder seine Lehrerin vielleicht ja auch die Unterrichtsstunde überzog?

Ich hatte mittlerweile das hintere Ende des Campus erreicht.

Wie erwartet, war ich die Erste, die am Treffpunkt angekommen war.

Mein Herz pochte nervös.

Ich war noch nie sehr geduldig gewesen. Das Warten ging mir immer auf die Nerven.

Also holte ich mein Handy aus meiner Jackentasche und versuchte mich etwas abzulenken.

Ich aktualisierte meine Mails und durchsuchte mein Handy nach jeglichen Nachrichten. Doch ich hatte weder neue E-Mails noch Nachrichten bekommen und jeder Status auf jeder App war der gleiche wie heute morgen.

Es gab nichts neues. Rein gar nichts.

Ich öffnete den Chat mit Danny und las mir noch einmal seine Einladung zum jetzigen Treffen durch.

Nervös schaute ich auf die Uhr.

Seit Pausenbeginn waren schon zwei ganze Minuten vergangen.

Verdammt, wo steckte er denn nur?

Ich hasste es, wenn Leute zu spät kamen.

So sehr, dass ich meinen Unmut über diese Verspätungen an den Personen, die sie verursacht hatten, ausließ. Um Ihnen eine Lektion zu erteilen, damit sie es bei mir nie wieder tun würden.

Aber wozu sollte ich es bei Danny tun?

Ich konnte ihn ja kaum meinen Frust spüren lassen.

Immerhin war - *In der Pause treffen* - keine genaue Zeitangabe.

Also würde er nicht wirklich zu spät kommen. Ausgenommen, er würde gar nicht auftauchen. Aber dann wäre ich ja auch stinksauer und könnte ihn meine Wut so richtig spüren lassen.

So etwas würde man ganz bestimmt nicht mit mir machen.

Aber wer wusste denn schon, ob er vielleicht einfach bloß aufgehalten wurde?

Von einem miesen Lehrer oder so.

Bestimmt hatte er eine gute Erklärung dafür.

"Hi, Betty."

Danny tippte mir plötzlich auf meine Schulter.

Mein Herz machte einen Satz und ich zuckte kaum merklich zusammen.

Ich war doch normalerweise nicht so einfach zu erschrecken!

Ich drehte mich um und begrüßte ihn mit einer Umarmung.

"Hey, Danny."

"Wartest du schon lange auf mich?"

Er ging zur nächstgelegenen Tischtennisplatte und legte seine Sachen darauf ab.

Ich folgte ihm, tat es ihm gleich und setzte mich auf die, von der Sonne erwärmte, Steinplatte.

"Nur eine Minute oder so.", spielte ich es herunter.

Wozu sauer werden, wegen nichts. So gesehen, war er ja pünktlich.

Ich war bloß immer sehr überpünktlich.

Aber das würde sich bestimmt noch ausgleichen.

Er setzte sich neben mich auf die Steinplatte und atmete tief aus.

Er schien etwas sagen zu wollen. Bloß fand er wahrscheinlich die richtigen Worte noch nicht.

"Also....", begann er sichtlich nervös.

Vielleicht versuchte er sogar seine Gedanken neu zu ordnen.

Aber wer wusste das schon?

"...ich...ich hab dich hierher gebeten, weil ich dich etwas Wichtiges fragen muss...", begann er erneut.

Ich spürte, wie meine Wangen warm wurden.

Ich fing an zu erröten, jedoch überspielte ich es gelassen.

"Schieß los.", forderte ich ihn auf.

Ich konnte ihm seine Aufregung ansehen. Es musste ihm wirklich sehr viel bedeuten.

Ich hätte sogar schwören können kleine Schweißperlen in der Frühlingssonne auf seiner Stirn glitzern zu sehen.

Doch beim zweiten Blick, als Danny wieder begann zu reden, waren sie genau so flüchtig verschwunden, wie sie gekommen waren.

"Ich....möchte dich um etwas bitten."

Danny fuhr sich mit der Hand übers Gesicht. Fast so als würde er darüber nachdenken einen Rückzieher zumachen. Er sah total verunsichert aus.

Ich fragte mich, ob er heute überhaupt noch zum Punkt kommen würde.

"Okay...Worum geht es denn?"

Ich starrte ihn eindringlich an. Um was wollte er mich denn bloß bitten?

"Würdest du....?"

Die Worte schienen in seinem Hals stecken zu bleiben.

"Ja?"

So sehr ich ihn auch mochte, fiel mir die Anstrengung meine Ungeduld im Zaum zu halten nicht gerade leicht.

Die wenige Geduld, die ich noch hatte, wurde stark strapaziert.

Ich versuchte mich weiterhin zu beherrschen, um nicht unnötig und sinnlos ausfallend zu werden, wie ich es sonst getan hätte.

Hätte ich Fina vor mir gehabt, hätte ich ihr schon längst gesagt, sie solle verdammt nochmal damit rausrücken, was sie mir mitteilen wollte.

"Würdest du meine Freundin...."

Danny's Worte rissen mich aus meinen Gedanken.

"Ja!", brach ich ihn mitten im Satz ab.

Meine Wangen fühlten sich plötzlich an, als würden sie in Flammen stehen und mein Herz pochte wie verrückt.

Doch er sah mich bloß verständnislos an.

Als hätte ich etwas falsches gesagt.

"...sein zum Schein. Also vorgespielt...meine ich.", vollendete er seinen Satz schließlich.

"Was?"

Das Pochen meines Herzens stoppte abrupt schmerzhaft.

Meine Wangen kochten vor Scham.

Was bildete er sich bloß ein?

"Ich bin schwul, Betty. Ich dachte, das wüsstest du.", erklärte er sich.

Seine Worte trafen mich, wie ein LKW, der eine Betonwand traf.

Plötzlich und grausam.

Er stand gar nicht auf mich.

Er empfand nicht das selbe für mich, wie ich für ihn.

Wie denn auch?

Kein Mädchen der Welt war sein Typ.

Verdammter Mist.

Ich spürte, dass mein Mund vor Schock noch offen stand und schloss ihn schnell.

Ich versuchte meinen akuten Herzschmerz herunter zu schlucken, damit er wenn überhaupt erst nachher hoch kommen würde. Denn ich konnte ihn gerade so gar nicht gebrauchen.

"Deine....Scheinfreundin?", harkte ich verständnislos nach.

Was wollte er mit einer Vorzeigefreundin, wenn er doch eigentlich schwul war?

"Ja, die...die Chaostruppe, wie du sie nennst...sie denken...äh...wissen, dass ich so bin, wie ich bin. Sie lassen mich nicht in Ruhe. Ich dachte mir, dass es mit dir aufhören würde. Ein paar Lehrer sind mir auch komisch gegenüber...ich will einfach nicht, dass das hier alles ausufert. Verstehst du?"

Danny hatte sich mittlerweile von mir abgewendet. Er musterte die Schüler, die uns passierten, in Ecken standen und sogar manche, die mit einem Ball spielten.

Er schien erlöst davon, dass er endlich mit der Sprache raus gerückt hatte. Aber für mich war sein Hirngespinst einfach das

Letzte.

Ich war keine Scheinfreundin und ich würde ganz bestimmt niemals eine werden!

Das hatte ich nicht verdient.

"Nein, ich verstehe dich nicht.", motzte ich ihn schon leicht an.

Geschockt drehte er sich wieder zu mir um.

Mir kam mittlerweile der ganze Ärger hoch, den ich die letzten Tage herunter geschluckt hatte.

"Ich verstehe nicht, dass du dich verstecken willst! Nur weil es ein paar blöde Menschen gibt, die dir das Leben schwer machen."

Ich sah ihn eindringlich an.

"Aber...", versuchte er sich zu rechtfertigen.

"Ich bin noch nicht fertig."

Ich versuchte meinen Tonfall zu zügeln, um ihn gepflegt nahe bringen zu können, was ich wirklich meinte.

Er nickte eingeschüchtert.

"Verstehst du denn nicht? Es wird immer Menschen geben, die dir das Leben schwer machen werden. Wenn du jetzt einknickst, dann wirst du es immer tun. Und wenn du dich jetzt anfängst zu verstecken, dann wirst du das auch fortlaufend als beste Lösung ansehen. Und es wird dir nicht gut tun. Irgendwann wirst du daran zerbrechen."

Ich hüpfte von der Tischtennisplatte herunter und baute mich vor Danny auf.

Er schien unerwartet jedes einzelne Wort aufzunehmen.

"Du solltest dich nicht verstecken. Ganz im Gegenteil! Sei so wie du bist! Stelle dich den Idioten in den Weg. Biete ihnen die Stirn. Was dich nicht umbringt wird dich bloß stärker machen! Du spielst in meinem Team, stehst auf Jungs. Dann stehe dazu. Stehe dazu, wer verdammt nochmal du auch wirklich bist! Sei du selbst! Und scher dich verdammt nochmal nicht darum was andere vielleicht über dich denken mögen! Denn das ist scheiß egal. Wichtig ist nur, was du über dich denkst. Mehr nicht! Also lass dich nicht unterkriegen!"

Ich schnappte mir meine Sachen von der Platte und warf ihn noch einen letzten Blick zu.

Danny war vollends verstummt. Er hatte meine Reaktion nicht erwartet.

"Wenn du zu dir stehst, kannst du mir gerne wieder schreiben.", versuchte ich die Situation etwas zu entschärfen.

Von Danny kam kein einziger Laut.

Er schien in meinen Worten ertrunken zu sein.

Ich machte auf dem Absatz kehrt und setzte meinen neuen Kurs auf den Pausentisch.

Mir war egal, was Danny jetzt über mich dachte.

Es war mir egal, was die Schüler, die ein paar Wortfetzen mitbekommen hatten, dachten.

Wichtig war nur, dass ich mit mir im Reinen war.

Ich stand zu meinen Worten.

Denn ich war diejenige, die ich sein wollte.

Gründe gegen die Liebe:

23. Liebe macht aus einem Menschen etwas vollkommen anderes, was man nicht ist.

24. Man liebt jemanden, der schlecht für einen ist.

25. Man wird verstoßen.

26. Angst und Hass wird dir nicht vorschreiben wen und wie du zu lieben hast.

9. Haily

Genau wie gestern stand ich heute wieder bei den Pausentischen, an denen sich meine kleine Schwester mit ihren Freunden immer traf.

Seit Elli am Montag nicht mehr nach Hause gekommen war, hatte ich hier jede Pause verbracht.

In der Hoffnung sie anzutreffen, hatte ich hier vergebens gewartet.

Gestern Morgen hatte ich sie zwar kurz erspähen können, aber sie mich wahrscheinlich auch. Denn bevor ich auch nur einen weiteren Schritt in ihre Richtung machen konnte, war sie schon wieder verschwunden gewesen.

Sie wollte nicht mit mir reden. Das war offensichtlich.

Aber allen, die etwas mit ihrem Problem zu tun hatten, aus dem Weg zu gehen, war auch keine besonders gute Lösung. Es zog bloß alles unnötig in die Länge, womit sie unwissentlich die Menschen verletzte, die sie liebte.

Ich verstand ihre Gefühle. Ihren Schmerz. Ich empfand ihn ja nun mal auch.

Aber es war kein Grund mich mit all dem allein zu lassen.

Ich hatte schließlich auch damit zu kämpfen!

Schlimmer noch, durch ihre Abwesenheit machte unsere Mom sich auch Sorgen. Noch mehr als sie bereits schon hatte.

Allein der Anruf von Sarah's Mutter hatte sie spät am

Montagabend ein wenig aufatmen lassen.

Dennoch kam es mir so vor, als würde sie weder schlafen noch essen.

Es brach mir das Herz sie so zu sehen.

Also tat ich das Einzige, was ich für meine Mom tun konnte, um ihr eine Sorge zu nehmen.

Ich wartete auf meine Schwester, um sie zu überreden wieder nach Hause zu kommen.

Auch wenn das bei ihrem Dickkopf kein leichtes Vorhaben war.

Gut nur, dass ich mindestens genauso dickköpfig war.

Vielleicht glich es sich dann wieder aus.

Ich hoffte es zumindest.

Denn ich hatte mir heute vorgenommen, nicht ohne sie heimzukehren. Oder zumindest Elli davon zu überzeugen, von allein nach Hause zu kommen.

Ich versuchte mich ein wenig abzulenken und dachte an die ersten beiden Schulstunden heute morgen.

Mein Englischlehrer hatte den Tag damit begonnen über ein sehr langes Gedicht von einem Schüler oder einer Schülerin eine Stufe unter der meinen zu reden. Er war so begeistert gewesen, dass er es uns hatte lesen lassen. Als Vorbereitung für unsere nächste Aufgabe.

Selbst ein Gedicht oder eine kleine Kurzgeschichte auf englisch zu verfassen.

Ich musste zugeben, dass das Gedicht sehr gefühlvoll und ansprechend gewesen war.

Es musste von einer stark emotionalen und empathischen Person verfasst worden sein. Allerdings hatte es meinen Lehrer leider auf die falschen Gedanken gebracht. Wir hätten die restliche Zeit zu den Abschlussklausuren mit so viel besseren Lehreinheiten verbringen können, die uns besser auf die Prüfungen vorbereiten würden, wie zum Beispiel Interpretationen, offene Diskussionsrunden, etc....

Aber das schien jetzt leider wie ein unerreichbarer Traum.

Wieso hatte diese Person das Gedicht bloß meinem Lehrer gezeigt?!

Ich fragte mich ob meine kleine Schwester die Person kannte, es war immerhin jemand aus ihrer Stufe.

Ich schaute auf meine Uhr.

Es waren ganze 10 Minuten von der 20-minütigen Pause vergangen.

Halbzeit.

Wenn ich Glück hatte, dann würde Elli noch auftauchen.

Wenn ich Pech hatte, dann würde ich nächste Pause erneut hier stehen müssen.

Doch das Glück stand tatsächlich auf meiner Seite!

Da war sie!

Sie kam aus dem hinteren Bereich der Schule, der zu den

Sporthallen führte, direkt auf ihren Pausentisch und somit auch auf mich zu.

Sie schien mich noch nicht einmal bemerkt zu haben.

Schnell lief ich ihr entgegen, bevor sie überhaupt die Möglichkeit in Betracht ziehen konnte, wieder zu verschwinden.

Das würde ich diesmal nicht zulassen!

Drei Meter vor ihr, fiel ihr Blick plötzlich auf mich.

Ihr Gesicht lief schlagartig rot an.

Sie schüttelte ihren Kopf und kehrte fix in die Richtung, aus der sie gekommen war, um.

Ich wollte ihr hinterher rufen, dass sie doch stehen bleiben solle, aber ich wollte keine unnötige Aufmerksamkeit auf mich ziehen.

Also lief ich ihr schnell hinterher.

Sie hatte kurz nach links geschwenkt und war durch den östlichen Ausgang der Schule auf dem Schulhof gelangt.

Ich passierte die Tür und bemerkte, dass sie links in einer kleinen abgeschotteten Ecke an der Hauswand der Schule stehen geblieben war.

Sie wartete auf mich.

"Hi, Dickkopf.", begrüßte ich sie mit einem schelmischen Grinsen.

Es war keineswegs böse gemeint, ich versuchte sie bloß aus ihrem Misch aus Gefühlen herauszulocken.

Doch Elli blieb standhaft.

"Was willst du, Hal?"

Sie verschränkte die Arme vor ihrer Brust. Bereit dazu, jedes Wort an ihr abprallen zu lassen, das mir in den Sinn kommen könnte.

Das fing ja schon gut an.

Aber wenigstens nannte sie mich bei meinem Spitznamen. Es war zumindest noch nicht so schlimm, dass sie meinen Namen gänzlich aussprach.

Vielleicht würde sie doch schneller auf mich hören, als ich gedacht hatte.

"Elli, ich bin so froh, dass wir endlich reden können.", versuchte ich sie etwas zu beruhigen.

"Du glaubst gar nicht, wie viele Sorgen Mom und ich uns gemacht haben."

Elli zuckte leicht zusammen bei der Erwähnung unserer Mutter. Dennoch blieb sie still.

Das war der falsche Pfad zu ihrer Vernunft. Ich war mir sicher bei noch einem Ausrutscher würde meine kleine Schwester auf Durchzug schalten und mir nicht mehr zuhören.

Dann hätte ich verloren.

Sie glaubte wohl immer noch, Mom hätte Dad betrogen.

Wenn sie es doch bloß verstehen könnte!

Ich ließ mir etwas Zeit, um die richtigen Worte zu finden. Ich wollte nichts falsche sagen, was meine Schwester nachher noch verjagen würde.

"Ist Dad immer noch weg?"

Elli schaute mich mit traurigen Augen an, schielte abwechselnd links und rechts an mir vorbei um sicher zu gehen, dass niemand sie so sah.

Ich schüttelte den Kopf.

"Dad ist wieder zuhause.", fing ich langsam an, weiterhin auf der Suche nach den richtigen Worten.

"Er ist gestern Abend nach hause gekommen und Mom und er haben sich endlich ausgesprochen. Der Streit war ein Missverständnis gewesen.", gab ich ihr zu Bedenken.

Elli schaute mich verwirrt an.

"Sie hat ihn nicht betrogen.", fügte ich hinzu, um ihr klar zu machen, dass es keinen Grund gab um auf Mom sauer zu sein.

Elli legte ihre Stirn in Falten, wie sie es immer tat, wenn sie etwas nicht vollkommen verstand.

"Ein alter verrückter Bekannter hat es wohl lustig gefunden Mom zu küssen, in dem Wissen, dass Dad es mitbekommen würde. Blöd nur, dass Dad danach nicht gesehen hatte, wie Mom dem Verrückten weggestoßen und ihm eine Backpfeife gegeben hatte. Der Typ belästigt Mom weiterhin mit Nachrichten und Anrufen.", erklärte ich ihr.

"Es stellte sich heraus, das Mom einen Stalker hat....Unsere Eltern sind gerade dabei eine einstweilige Verfügung gegen ihn zu erwirken."

Elli machte große Augen. Wie ich am Anfang der Geschichte, als Mom mir alles gebeichtet hatte, schien sie es nicht glauben zu wollen.

Es war so befremdlich.

Man dachte immer, solche Dinge würden einem nie betreffen.

Einem nie passieren.

Wie falsch man doch liegen konnte, wenn man die Augen vor der Welt so verschloss.

Elli schwieg weiterhin.

Sie schien alles in sich aufzunehmen, um es zu verstehen.

"Wieso...?", begann sie verwirrt.

"Wieso hat Mom eine Einkaufswagen-Ladung voller Alkohol gekauft?"

Sie starrte mich verständnislos an.

Verwirrt über den plötzlichen Themenwechsel, brauchte ich einige Sekunden um meine Gedanken zu ordnen.

Dachte sie etwa, dass Mom wegen der Sache jetzt ein Alkoholproblem hatte?

In Wirklichkeit hatte sie all den Sekt, das Bier und alles andere ja noch nicht einmal für sich gekauft!

"Naja, wie jedes Jahr, hat Oma auch in diesem Jahr Geburtstag. Falls du es vergessen haben solltest, es ist diesen Freitag. Und wie jedes Jahr schämt sie sich Sekt und Bier und all solche alkoholischen Getränke zu kaufen. Zudem lade ich am Samstagabend ein paar Freunde ein, weswegen Mom auch *stärkere* Getränke für Cocktails im Wagen hatte. Wenn du zuhause gewesen wärst, würdest du sie nicht aufgrund irgendwelcher Sichtungen von deinen Freunden verurteilen.", stellte ich fest.

Sie wollte etwas erwidern, doch ich ließ sie nicht.

Ich hatte keine Lust darauf, noch mehr Vermutungen oder Gerüchte richtig stellen zu müssen.

Das konnte sie selbst erledigen.

"Hör zu, Elli. Es gibt keinen Grund Mom weiterhin auf die Folter zu spannen. Ich versichere dir auch, dass weder Dad noch Mom über dein Verschwinden wütend sein werden. Also, bitte komm nach Hause. Du tust sonst nur weiterhin denjenigen weh, die dich lieben."

Ich machte auf dem Absatz kehrt und ließ sie mit der Wahrheit alleine zurück.

Ich hoffte inständig, dass sie heute dem Weg nach Hause finden würde.

Aber die Entscheidung überließ ich ihr.

Hätte ich es nicht getan, hätte sie höchstwahrscheinlich das Gegenteil von dem gemacht, was ich ihr befohlen hätte.

Was nicht gerade zum erwünschten Ergebnis geführt hätte.

Ich ging durch die nächstgelegene Eingangstür wieder zurück in das Schulgebäude und steuerte auf meinen Matheunterricht zu, indem sich leider keiner meiner Freunde befand.

Ich konnte diesen Kurs nie wirklich leiden.

Aber das lag wahrscheinlich daran, dass ich nicht nur eine Niete in Mathe war, sondern auch daran, dass ich bestimmte Mitschüler nicht leiden konnte.

Aber ich ließ es über mich ergehen und schließlich fand auch die Hölle ein Ende.

Was das Ende der heutigen schulpflichtigen Zeit bedeutete.

Ich lobte mein *10.-Klasse-Ich* dafür, dass ich damals schon die größte Anzahl von Schulstunden abgesessen hatte, was dazu geführt hatte, dass ich jetzt Mittwochs in der 11. Klasse nur noch vier Schulstunden besuchen musste.

Dankbar verließ ich den Raum und machte mich auf den Weg zum Fahrradparkplatz.

Ich hatte mir heute Morgen die Mühe erspart nach Elli's Fahrrad zu suchen. Vor lauter Fahrrädern wurde man hier noch kirre.

Außerdem wollte ich nicht wie eine Verrückte durch jede Reihe gehen, um ihres möglicherweise erspähen zu können.

Das hätte nur unnötige Zeit verschwendet.

Aber als ich am Parkplatz ankam, fiel mir ihr rotes Fahrrad mit dem niederländischen Holzkorb direkt auf.

Elli musste heute früh nach mir angekommen sein.

Gut, dass ich mich entschieden hatte nicht alle Fahrräder zu begutachten.

Ich schloss das Sicherheitsschloss meines eigenen Fahrrads auf, schob es aus der Vorrichtung heraus und fuhr nach Hause.

Ich genoss die Stille der kurzen Strecke und versuchte an nichts zu denken.

Die Ereignisse der letzten Tage hatten auch mich nicht gerade kalt gelassen.

Ich hatte mir auch meine Gedanken gemacht.

Hatte verurteilt.

War verletzt gewesen.

Hatte alles in Frage gestellt.

Aber ich hatte nicht die Flucht ergriffen.

Ich hatte nicht vorgehabt, die Situation weiter eskalieren zu lassen.

Ich hatte nicht gewollt, den Menschen, die ich liebte, noch mehr Sorgen zu bereiten.

Ich hatte mich zurück genommen und meine eigenen Emotionen versteckt, um für andere da sein zu können.

Vielleicht war ich sogar die Einzige gewesen, die versucht hatte einen kühlen Kopf zu bewahren.

Manchmal war es das Beste, was man in solch einer Situation tun konnte.

Einen kühlen Kopf zu bewahren und miteinander zu reden, das schaffte selbst die schwierigsten Probleme aus der Welt.

Ich atmete tief ein und aus, befreite mich von dem Gefühlschaos und fing wieder an zu lächeln.

Ich war froh, dass unsere Eltern sich ausgesprochen hatten.

Froh darüber, dass sie sich nicht trennen würden.

Ich bog in die Straße unseres Hauses ein und sah Blaulicht hinter den Büschen, die mir den Blick auf den weiteren Verlauf der Straße nahmen.

Ich bremste und stieg vom Fahrrad ab, schob es auf den Gehweg und ging zu Fuß weiter.

Durch die Rufe konnte ich mir schon denken, was passiert war.

Ich schob mein Fahrrad weiter um die Kurve der Straße.

Langsam kam der Kofferraum des Polizeiautos in Sicht, das wohl vor unserem Haus parken musste.

Alle Rentner aus der Gegend befanden sich in ihren Gärten, vor ihren Häusern oder hinter den Gardinen ihrer Fenster.

Die restlichen Nachbarn, die nicht auf der Arbeit waren, taten es ihnen gleich.

Sie wollten alle mitbekommen, was in der sonst so ereignislosen Straße gerade passierte.

Nach und nach konnte ich das ganze Polizeiauto sehen.

Es war leer.

Aber die Beamten standen in unserem Vorgarten und hatten jemanden zu Boden gerungen.

Ich hörte ein paar Handschellen einrasten.

Meine Mutter stand vor der Tür, die Arme schützend vor ihrer Brust verschränkt.

Mein Vater hatte sich vor sie gestellt.

Die Polizisten richteten den Mann, den sie gerade festnahmen auf und belehrten ihn über seine Rechte.

"Martina.", rief der Verrückte meiner Mom zu.

Sie verdrehte die Augen und ging ohne ein Wort ins Haus zurück.

"Lass dich bloß hier nie wieder blicken.", rief mein Vater ihm erbost zu und wollte auch ins Haus gehen, hielt dann aber inne, als er mich sah.

Ich schob das Fahrrad am Streifenwagen vorbei, als die Polizisten dem Verrückten die Tür aufmachten.

"Du musst Haily sein.", lächelte mir der Stalker meiner Mom entgegen.

Mich durchfuhr ein Schock, doch ich ließ mir nichts anmerken und schob bloß mein Fahrrad weiter.

"Der belästigt unsere Kinder!", schrie plötzlich eine Frau mit ihrem kleinen Kind an der Hand den Polizisten zu.

"Ich hab den auf dem Kinderspielplatz gesehen.", rief eine alte, womöglich demente, Frau aus einer anderen Ecke.

Wahrscheinlich gelogen, nur um etwas gesagt zu haben.

"Haltet ihn von unseren Kindern fern!", gab ein weiterer seinen Senf dazu.

Ich schloss schnell das Fahrrad an der Hauswand ab und ging mit meinem Vater ins Haus, bevor der wütende Mob noch weiter eskalierte.

Ich hätte schwören können, dass ein weiterer Nachbar dem

Verrückten sogar noch *"Kinderpornographie"* angedichtet hatte.

Normalerweise empfand ich es ja als nervig, dass jeder in der Straße hier alles mitbekommen wollte. Aber heute, war es weniger ein Fluch, als vielleicht schon ein kleiner Segen.

Jedenfalls würde jetzt jeder sofort die Polizei rufen, sobald der Typ hier wieder gesehen werden würde.

Ich fing an zu lächeln.

Es gab hier auch den ein oder anderen, der ihn mit einer Mistgabel verscheuchen wollen würde.

Der würde sein blaues Wunder erleben, wenn er es wagen würde, erneut in diese Straße zu gelangen.

"Wenn du den nochmal siehst, oder der dir zu nahe kommt, dann rufst du die Polizei!"

Mein Vater nahm mir freundlicherweise die Schultasche ab.

Ich nickte zustimmend.

"Klar Papa.", beruhigte ich ihn zusätzlich, während ich mir Schuhe und Jacke auszog, meinen Schlüssel weg hing und meinem Vater wieder die Tasche abnahm.

"Gut so. Deine Mutter und ich haben uns auch extra den Rest der Woche freigenommen. Nur um sicher zu gehen."

Er versuchte sein sorgenvolles Gemüt zu überspielen und wechselte schnell das Thema.

"Wie war's in der Schule?", stellte er die offensichtlichste Frage überhaupt.

Ich fing an zu grinsen und überlegte kurz, ob ich die Frage mit einem guten Spruch abblocken sollte. Doch ich entschied mich dazu sie lieber zu beantworten, um meinen Dad etwas abzulenken.

"Alsooo...", begann ich und quetschte mich dabei an meinen Vater vorbei in die Küche zu meiner Mom.

Ich stellte die Schultasche auf einen der Stühle am Esstisch und fing mir einen skeptischen Blick meiner Mom ein.

Sie lehnte an der Kücheninsel, die Arme weiterhin verschränkt.

"Ich räume die gleich nach oben.", versprach ich ihr, bevor sie etwas sagen konnte.

"Aber zuerst...", ich kramte in der Tasche und holte die Deutschklausur hervor.

"Ich hab' 12 Punkte!"

Stolz präsentierte ich meine Klausur.

"Super.", gratulierte mein Vater mir.

"Gut gemacht."

Meine Mom nahm freudig die Klausur entgegen und gratulierte mir. Sie zückte aus Gewohnheit einen Kugelschreiber und unterschrieb die Klausur, ich ließ sie gewähren, auch wenn sie das bei mir längst nicht mehr machen musste.

Meine Lehrer würden die Klausuren sowieso nicht mehr sehen wollen.

"Sonst war die Schule heute in Ordnung.", ergänzte ich mich.

Ich nahm die jetzt unterschriebene Klausur wieder entgegen und hob die Tasche vom Stuhl auf.

Ich zog sie mir über die Schulter, bereit sie nach oben in mein Zimmer zu tragen.

"Hast du Elli heute in der Schule gesehen?"

Ich spürte den besorgten Blick meiner Eltern auf meinem Rücken und hielt inne.

"Ja, ich habe sie heute gesehen."

Ich drehte mich zu ihnen um.

"Ich habe auch mit ihr gesprochen."

"Was hat sie gesagt?"

Meine Mutter kam schnell einen Schritt näher.

"Ich habe ihr erklärt, dass das alles ein Missverständnis war. Und ich habe sie gebeten nach Hause zu kommen."

Mein Vater legte mir seine Hand auf die Schulter.

"Danke, Haily."

Ich lächelte meinen Eltern aufmunternd zu und drehte mich schließlich um.

Dann setzte ich meinen Weg nach oben in mein Zimmer fort.

Dort angekommen, lud ich meine Schulsachen ab und setzte mich an zwei Hausaufgaben, die ich noch bis Morgen zu erledigen hatte.

Ich löste die Aufgaben ehrlicherweise lieber schnell, als vollständig und richtig. Das führte zumindest dazu, dass ich gerade fertig geworden war, als ich plötzlich hörte wie die

Haustür unten leise geschlossen wurde.

Kurz darauf klopfte jemand an meine Tür.

Ohne auf meine Antwort zu warten schwang die Tür auf.

Meine kleine Schwester kam zum Vorschein, trat ein und schloss die Tür schnell wieder leise.

Sie hatte Jacke und Schuhe unten im Flur gelassen und setzte ihre Tasche auf den Boden neben meinem Bett ab.

Dann setzte sie sich zu mir auf mein Bett.

"Hi.", brachte sie leicht irritiert heraus.

"Hey.", erwiderte ich ihr.

"Schön, dass du gekommen bist.", versuchte ich sie zu ihrer Rückkehr zu bestätigen.

"Hast du schon mit Mom und Dad geredet?"

Ich stellte die Frage in den Raum und dachte einen kurzen Moment lang, dass sie wieder ihre Sachen nehmen und gehen würde.

Doch sie schüttelte bloß ihren Kopf.

"Ich muss dir was zeigen!"

Elli hob ihre Tasche an und zog einen Collegeblock heraus.

Ich sah eine Abfolge von Nummern mit Stichpunkten rechts daneben.

Es schien irgendeine Aufzählung zu sein.

Sie hielt es schützend in den Armen, als könnte es ihr Halt geben.

"Bevor du jetzt was sagst, hör mir bitte erst zu.", bat sie mich.

Unsicher nickte ich ihr zu.

Was hatte meine Schwester bloß vor?

"Wenn man den größten Anteil der Probleme der Menschen betrachtet...", begann sie.

"....dann wird schnell klar, dass ein großer Punkt immer mitspielt."

Ich zog unsicher fragend eine Augenbraue hoch.

Worauf wollte sie hinaus?

Hungersnot?

Selbstsucht?

Weltfrieden?

"Ich spreche davon, dass Liebe in sehr vielen Fällen von zwischenmenschlichen Problemen den Auslöser oder gar das Ursprungsproblem darstellt.", erklärte sie.

Hatte das ganze Drama unserer Eltern jetzt dazu geführt, dass sie Liebe für das reine Böse empfand?!

Ich wollte etwas dagegen steuern, aber ich hielt meinen Mund und ließ sie weiter reden.

"Das hier..."

Sie legte behutsam die flache Hand auf das vorderste Blatt des Blocks.

"...wird das nur bestätigen."

Sie hielt mir den Block vor die Nase und schien zu wollen, dass ich mir die Vorfälle durchlas.

- 26 Gründe gegen die Liebe -

Stand ganz oben auf dem ersten Blatt, dicht gefolgt von einer Aufzählung der Gründe.

Elli zur Liebe, las ich mir Punkt für Punkt durch.

Doch anstatt ihr eine Antwort zu geben, nachdem ich mit dem Lesen fertig war, schnappte ich mir ein leeres Blatt.

Punkt für Punkt nahm ich mir die Gründe ein weiteres Mal vor und schrieb jeweils einen Grund für die Liebe für jeden negativen Punkt auf.

Ganz oben auf die neue Seite schrieb ich:

- 26 Gründe für die Liebe (Gegen-Gründe für die Liebe) -

Ich würde sie sicherlich nicht in dem Glauben lassen, dass es schlecht sei sich zu verlieben.

Derweil starrte Elli wie eine Statur auf mein Blatt.

Sie schien stillschweigend davon Kenntnis zu nehmen, dass ich eine   eigene Liste aufstellte.

Doch, so dickköpfig wie sie war, versuchte Elli noch nicht einmal die, von ihr aus auf den kopfstehenden, Sätze zu entziffern.

Ich beendete den letzten Grund und begutachtete meine Arbeit.

Doch anstatt es ihr hinzuhalten, damit sie meine *Gründe für die Liebe* durchlesen konnte, entschied ich mich dazu, sie ihr vorzulesen.

"Also ich finde, dass die Liebe nicht wirklich die Familie oder alles was man liebt zerstört...Liebe bindet und stärkt die Familie. Sie erschafft alles was du liebst und richtet jedes einzelne Wanken. Natürlich kann es auch mal schief gehen. Wenn man sich in jemanden verliebt. Aber wer nichts wagt, der wird auch nichts gewinnen. Niederlagen machen dich bloß stärker....erfahrener. Man entwickelt sich nun mal durch all das weiter. Und ohne Schmerz gäbe es auch keine Freude. Ohne Trauer kein Glück.

Ich weiß, hintergangen oder angelogen zu werden ist nie schön. Ich kenne das Gefühl sehr gut. Aber so weißt du zumindest, wer wirklich deine Freunde sind. Sie würden dir nie absichtlich Schmerz zufügen. Oder dich damit alleine lassen.

Und das mit *Alle Männer sind Schweine?* Meinst du das wirklich ernst? Ich meine....Komm schon, Dad ist auch ein Mann. Es wird immer gute und schlechte Männer geben. Aber genauso gut können auch Frauen Biester sein. Vergiss das nicht!"

Ich hielt inne.

Wollte ich jetzt wirklich meine kleine Schwester mit *26 Gründen für die Liebe* voll quasseln?

Irgendwann würde sie mir nicht mehr zuhören.

Also hielt ich ihr den Block wieder hin. Damit sie selbst weiter lesen konnte.

Sie nahm ihn etwas unentschlossen entgegen. Ich konnte in ihrem Gesicht nicht lesen, was sie empfand.

Es war wie versteinert. Dennoch las sie sich meine Gründe durch.

Mich erfüllte für einen Moment ein Gefühl des Triumphs.

"Weißt du...kleine Schwester, die Liebe ist....die Liebe. Gut und schlecht, und doch weder noch.

Nichts ist nur schlecht oder nur gut. Alles hat eine Balance. Aus Liebe kann Gutes und Böses entspringen, beides ist möglich.

Aber die Schuld daran trägt immer derjenige, der seine Gedanken in die Tat umsetzt, sie zur Wirklichkeit macht.

Oder denkst du etwa die Liebe kann eigens einen Krieg anzetteln, ohne einen Menschen, der nur versucht seine Ziele zu verfolgen?"

Sie antwortete mir nicht.

Ihre Augen waren starr auf meine Aufzählung gerichtet.

Wahrscheinlich hatte sie wieder ihren Dickkopf eingeschaltet.

Doch davon ließ ich mich nicht abhalten.

"Elli. Jeder Mensch empfindet Liebe. Ob für sein Haustier, seine Eltern, Großeltern, Kinder und Kindeskinder, Freunde und Geschwister, Liebe ist immer gleich. Mal stärker und mal schwächer.

Sie ist immer da. Man kann sie nicht einfach ausgrenzen. Was wäre das für ein tristes Leben? Niemand würde sich mehr um jemanden scheren."

Sie hatte noch immer ihren Blick auf das Blatt Papier gesenkt und tat so als würde sie lesen. Doch insgeheim wusste ich, dass sie eine schnelle Leserin war und seit mehreren Minuten den letzten Punkt bereits beendet hatte. Sie wusste wahrscheinlich bloß nicht, was sie sagen sollte.

"Elli, ich liebe dich. Du bist meine kleine Schwester."

Ich stupste sie liebevoll an ihrer Schulter an.

"Und das würde ich gegen nichts in der Welt eintauschen wollen."

Meine Schwester schaute plötzlich auf und legte das Blatt bei Seite. Ihre Augen waren rot. Sie hatte sich die ganze Zeit hinter dem Blatt versteckt, während ihr leise die Tränen über die Wangen gelaufen waren.

"Ich hab dich auch lieb, Hal."

Sie umarmte mich stürmisch.

Ich drückte sie fest und ließ sie nicht mehr los. Ich wollte sie vor dem Rest der Welt beschützen.

Ich ließ sie in meine Schulter weinen. Auch wenn das bedeutete, dass mein Shirt von ihrem, natürlich nicht wasserfesten, Mascara ruiniert wurde.

Es war mir egal.

Denn jetzt wurde sie endlich die ganzen angestauten Ängste los.

Ich war mir sicher, dass sie bis jetzt alles überspielt hatte. So dass ihre Gefühle sie jetzt überwältigten.

Nach einer Weile fing sich Elli wieder halbwegs und ich entschloss sie etwas aufzumuntern.

Ich holte mein Reisebuch vom Nachttisch und schlug es wie am Sonntagabend auf. Nur das ich sie heute nicht so sehr auf die Folter spannte.

Ich blätterte bis zu der Seite vor, auf der ich Spanien mit einbauen wollte.

"Sie haben übrigens JA gesagt.", verkündete ich freudestrahlend und zeigte auf die Seite.

Elli sah mich, irritiert über den plötzlichen Themenwechsel und den fehlenden Kontext, fragend an.

"Wir werden endlich wieder als Familie Urlaub machen. Wie früher. Für zwei Wochen."

Zum ersten Mal seit Sonntag sah ich Elli wieder lächeln.

Sie umarmte mich erneut und wollte mich nicht mehr loslassen.

Mir wurde klar, wie sehr ich mir auch Sorgen um sie gemacht hatte und wie sehr ich sie doch vermisst hatte.

Auch wenn sie nur für ein paar wenige Tage weg gewesen war.

Sie hatte doch eine große Lücke hinterlassen.

10. 26 Gegen-Gründe für die Liebe

1. Liebe bindet/eint deine Familie.
2. Liebe erschafft alles was du liebst und richtet jedes Wanken.
3. Wer nicht wagt, der nichts gewinnt.
4. Was Dich nicht umbringt, macht Dich bloß stärker.
5. Ohne Schmerz gibt es keine Freude. Durch all diese Erfahrungen entwickelt man sich weiter.
6. Das kann Dir auch außerhalb der Liebe passieren.
7. Es waren keine richtigen Freunde, wenn sie so etwas tun.
8. Du weißt schon, dass Dad auch ein Mann ist? Nicht alle Männer sind Schweine.
9. Peinliche Situationen treten trotzdem auf. Ob vor dem Signifikanten Anderen oder nicht. Das kann dir immer und überall passieren.
10. Man kann über alles reden. Wenn du jemanden wirklich liebst, dann findest du immer einen Ausweg.
11. Wenn man ehrlich genug zu sich selbst und zu seinen Freunden ist, dann kann man auch Kompromisse finden.
12. Liebe kann sehr wohl eine Person verändern. Doch wenn du den Richtigen findest, dann wird nur das gute in dir zum Vorschein kommen.

13. Jeder findet irgendwann seine wahre Liebe. Früher oder später. Für jeden gibt es das passende Gegenstück.

14. Du wirst niemanden aufgrund der Liebe verlieren, wenn du es nicht zulässt. Wie bereits gesagt, man kann über alles reden und alles wieder richten. Wenn ihr euch wirklich wichtig seid, dann wird es immer eine Möglichkeit geben die Missverständnisse oder Streitigkeiten aus dem Weg zu räumen.

15. Es wird immer schreckliche Situationen geben, in denen du am liebsten im Boden versinken würdest. Ob es nun eine ist, in der man versucht jemanden näher zu kommen oder nicht. Das ist das Leben. Und wenn du das Risiko eingehst, dann kann etwas ganz wunderbares dabei herauskommen.

16. Liebe zerstört nicht! Der Mensch, der aufgrund ihrer handelt, der zerstört. Aber du kannst es jederzeit aufhalten. Denn es ist dein Leben!

17. Man sollte niemals davon abgehalten werden, derjenige zu sein, der man wirklich sein möchte. Sei wer du bist. Es bringt nichts sich zu verstellen. Davon wird niemand glücklich. Wenn dich die Menschen wirklich lieben, dann werden sie dich so hinnehmen, wie du nun mal bist!

18. Eine Abfuhr ist niemals schön. Aber schau mal unter Nummer 15.

19. Wie bereits gesagt: Peinliche Situationen sind nie schön. Aber es kann dir überall passieren. Also bleib stark und stehe für die Dinge gerade, die dir passiert sind. Das ist wahre Stärke.

20. Erfahrungen prägen einen. Lassen dich wissen, was man beim nächsten Mal anders machen könnte. Ob man verloren hat, spielt keine Rolle. Denn du hast in jedem Fall die Erfahrungen gewonnen. Dadurch steigst du im nächsten Spiel besser ein und kannst deine Chancen besser verteilen.

21. Schau mal unter Nummer 19. und Nummer 9.

22. Also das.....naja. Wer nicht wagt, der nichts gewinnt. Vielleicht ist er nicht wirklich so, wie er zu aller erst zu sein scheint. Manchmal muss man eben ins kalte Wasser springen.

23. Schau mal unter Nummer 17. Das könnte sehr hilfreich sein. ;)

24. Es sind keine richtigen Freunde, wenn sie zulassen, dass eure Wege sich so abrupt und schmerzhaft trennen. Es gibt immer eine andere Möglichkeit, einen anderen Weg, sich nicht zu verlieren!

25. Verstoßen kann man theoretisch von jeder Person werden. Aber dann haben die dich einfach nicht verdient, denn sie sehen nicht was für ein toller Mensch du bist!

26. Lass dir niemals, NIEMALS, vorschreiben wen oder was du zu lieben hast! Es ist dein Leben und du kannst tun und lassen was dir beliebt. Sei du selbst. Lass dich nicht klein machen. Und wenn du tatsächlich deine eigenen Entscheidungen triffst, dann wird dich das Leben auch immer belohnen.

Bonusmaterial

Benny

Once there was this puppy,
he was very fluffy.
His fur in black and white
and eyes that could spread the light.

Always, he had his own mind.
A character that you cannot easily find.
He was lovely and protective,
but mostly unexpected.

He had a family as crazy as him.
One could not without the other.
They always made another grin.
To me, he was like a brother.

I still grin, when i think of him.
How he lifted his chin when he smiled at us.
To remember now, it is kind of hard.
But let us begin at the very start:

So once there was this puppy,
his fur so soft in black and white.
He was a rebel, the mightiest and most fluffy.
From whom others liked to hide.

He was the one to steal his siblings food.
And when his future parents came,
he bit the lady in her thumb.
Then he hastily ran away full of shame.
Only to come again and kiss that thumb, the pain away.

And that was the second,
when they fell in love right away.
And who knew, that their trip
would end up with a new family member on their way.
As they drove there, they liked to only visit.
But who could have said "No" to that cute little biscuit?

On the ride back home the little puppy cried for his siblings,
cried for his adoptive mother, Paul, a big great Dane.
He had to be given away fast, mother dead, Father Unknown.
He stopped as he suddenly realised he found a new home.

But wait till you see, when he met their children.
Those who were full of joy and slightly afraid.
But who could be afraid,
by the puppy's brown eyes shade?

It was then, a day after,
when they ran through the door,
to stop next to their parents on the kitchen floor.
The fluffy puppy, who now had a name,
lay in the kitchen, watching as they came.
Making no move,
if it would be a game.

"You bought us a stuffed toy?"
The boy asked full of joy.
Only to be surprised, as the puppy lifted his chin.
It was then, when the children began to grin.

"It is a real dog!"
The girl shouted with cheer.
"It is our dog, my dear."
The mother lovely made it clear.

"He already has a name."
The mother spoke again.
"He shall be called Benny from now on.
And from now on, you shall never be alone."

It did not took much time,
for the three to feel like siblings.
Their voices and laughter echoed in a sweet chime,
every time they played, it almost echoed like a rhyme.

But once in a while, the puppy stole some toys,
and ran under the tree to hide.
The children followed him there, not really full of joy.
But he was to fast to be caught in his pride.
But they always got them back,
in one piece or two, ripped by the attack.

But the puppy needed their help more often than you may
think.
In the sight of umbrellas and puddles his figure began to
shrink.
But they stood through this together and forever.

They stood side by side in great illness.
The puppy even brought them some tissues.
You would think they never got issues.
They loved themselves for whom they were.
And they never did not not care.

Each day was a great adventure,
they followed trips and ran through the woods.
One time the dog, Benny, needed a denture.
But they were kind to him, the men with heir hoods.

Benny never forgot to protect the children.
It did not matter whether it was from shadows or the basement.
No one could ever be a replacement.
But you should never forget, that food was his true cravement.
Sometimes he accepted it very well as a lovely payment.

They grew up all together.
Never missing a day without the others.
They thought it would go on forever.
Who would think it could ever end, no never.

When the big brother graduated from School,
he felt a little like a fool.
He needed to leave his home, his family, his dog.
In order to learn a whole new job.

For two years the dog only had his sister and his parents.
He remembered the days where they were adolescents.
When he and his siblings ran through the fields,
only needed their eyes to be shield.
Back then, from the sun, shining brightly on the grassy fields.

He wished he could run again,
as he watched the garden through the window frame.
To run just like in his memories as wild and as free.
But he wasn't that young and he wasn't that free, not any more.
Trust me, you would agree.
May he was old, but who could stop him from his dreams?

He never stopped to do what he loved,
his family cared so much throughout his great days old.

It was on a winters day,
when the endless sleep called for him for the first time.
But he wasn't ready yet, to fade away.
So he awoke, when the family called him in a hysterical
rhyme.

For a few days, they got a second chance,
though they knew eternity would never be enough.
To be ever ready for that rough.
They fell into an awful trance,
when the endless sleep called for Benny on his way.
Who knew that they would loose a family member on that day?

It may has left us broken hearted.
The day that we finally parted.
But you left me precious memories.
And I know that we may meet again.
In one life or another that we might gain.

Because of you my friend,
I know now, what our friendship really meant.
If you give the love around,
many people, it will bound,
and it will always come back to you.

Danksagung

Danke, dass Du Dich für mein Buch entschieden hast.

Das Schönste, was mir als Autor passieren kann ist, dass sich ein Leser, wie Du, in meinem Buch verliert.

Ich hoffe Du hattest Spaß auf der kleinen Reise durch die Schulzeit der Clique.

Ja, die Schulzeit hatte schon ihre ganz eigenen Höhen und Tiefen, doch im Endeffekt hat sie uns dennoch zu dem gemacht, was wir heute sind. Und mit guten Freunden und einer liebenden Familie steht man doch alles durch.

Ich möchte ganz besonders Bima, Joe und meinen Eltern danken. Dafür, dass ihr mich bei meinem allerersten Buchprojekt so gut unterstützt habt.

Ich bin froh euch in meinem Leben zu wissen.

Danke auch an Gertrud, Irmgard und Benny, die nun für immer in meinem Herzen verweilen. Durch euch bin ich wie ich bin.

Dieses Buch basiert auf teils realen und teils erfundenen Erlebnissen meinerseits. Die Charaktere aus dieser Geschichte sollen keine speziellen Personen aus meiner Schulzeit widerspiegeln.

Autorenvista

Bereits als Jugendliche hat I. F. Stanke angefangen eigene Gedichte und Kurzgeschichten zu verfassen. Immer im Gedanken daran einmal ein komplettes eigenes Buch zu verfassen und veröffentlichen zu können.

Mit „26 Gründe gegen die Liebe" wurde dieser Gedanke nun in die Tat umgesetzt.

I. F. Stanke ist eine deutsche Autorin und lebt in der Nähe von Köln.